KB147407

묵향 35
부활의 장

암살계의 노선배

묵향 35
부활의 장

초판 1쇄 인쇄일 · 2019년 01월 25일
초판 1쇄 발행일 · 2019년 01월 30일

지은이 · 전동조
펴낸이 · 유용얼
기　획 · 김병준
편　집 · 김민태, 김은희, 유지원
펴낸곳 · 도서출판 스카이미디어

주소 · 서울시 동대문구 용두동 234-35번지 대명빌딩 201호
전화 · (02)922-7466
팩스 · (02)924-4633
E-mail · skymedia62@hanmail.net
출판등록 · 제6-711호

Copyright ⓒ 전동조 2019

값 9,000원

ISBN · 979-11-312-6696-0　04810
ISBN · 978-89-92133-00-5　(세트)

DARK STORY SERIES Ⅳ

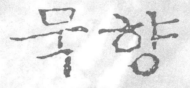

묵향

부활의 장

전동조 장편 판타지 소설

35

암살계의 노선배

스카이 BOOK

차례
암살계의 노선배

•

•

•

차례
암살계의 노선배

내가 해결할게!

암살계의　노선배

여왕벌의 둥지를 초토화시킨 라이가 그곳을 빠져나간 것을 확인한 후에야 마를린은 겨우 지하로 들어설 용기를 낼 수 있었다. 물론 그녀가 피를 좋아하는 변태적인 성향을 지녀서 범행 현장을 자신의 두 눈으로 확인하려 한 것은 아니다. 자신이 쫓고 있는 사내에 대한 정보를 단 하나라도 더 입수하기 위해서였다.

지하로 숨어드는 건 그녀가 우려했던 것과는 달리 너무 쉬웠다. 지하로 들어가는 입구를 지키고 있던 경비병들에게 현혹마법을 걸어 아군으로 인식시키는 것만으로도 충분했던 것이다.

지하로 내려가는 계단에 발을 내딛으면서도 마를린은 혹시 지하실 안에 더 많은 경비병들이 있으면 어쩌나 걱정했지만, 지하실 안에는 그 어떤 인기척도 느껴지지 않았다. 지하실로 내려가는 계단 아래쪽은 흡사 지옥으로 들어가는 입구마냥 칠흑과도 같이 어두웠다.

"젠장, 이래서야 아무것도 안 보이잖아."

그녀는 먼저 탐색마법을 사용하여 지하에 사람이 있는지부터 확인했다. 아무도 없다는 것을 확인한 후에야 그녀는 마법으로 빛의 구슬을 꺼낼 수 있었다. 마법의 빛에 의지해 한발 한발 계단을 내려가는 마를린. 계단 끝에는 지하실로 들어가는 문이 있었다.

아무 생각 없이 그 문을 여는 순간 마를린은 하마터면 비명을 지를 뻔했다. 정신이 아찔할 정도로 짙은 피비린내가 그녀의 코를 찔러왔기 때문이다.

"흡! 이…, 이게 뭐야?"

키메라 오크들을 사육했던 전력이 있는 만큼, 혈향 따위 그리 낯선 냄새도 아니다. 하지만 이렇게까지 지독한 피 냄새는 처음이었다. 아마도 환기가 잘되지 않는 지하였기에 더했던 모양이다.

그녀의 발치에 죽어 쓰러져 있는 사내 둘의 모습이 보였다. 그들은 허리가 두 토막이 나서 죽어 있었고, 그 주변은 시체에서 흘러나온 피로 인해 커다란 웅덩이를 이루고 있었다.

놀랍게도 사내들은 갑옷 채로 반 토막이 나 있었다. 아니, 갑옷만이 아니었다. 그들이 가지고 있던 검 역시 두 조각이 나 바닥에 나뒹굴고 있었다.

"마법의 도움도 없이 검으로 이렇게 깨끗하게 잘라 버린다는 게 가능하기나 한 거야? 게다가 시체의 모양으로 봐서 한칼에 두 토막으로 낸 것 같은데."

마법의 도움 없이 쇠로 쇠를 자를 수가 있다니. 그녀의 상식으로서는 도저히 이해가 가지 않았다. 고개를 설레설레 흔들면서도 그녀는 발길을 멈추지 않았다. 신발에 피가 묻지 않도록 조심조심 내디뎌야 했기에 안으로 들어가는 속도는 아주 느렸다.

안으로 들어가면 갈수록 발견되는 시체의 형상은 더욱 처참했다. 입구 쪽에서 본 시체들이 깔끔하게 두세 조각 정도로 잘려 죽어있었다면, 안쪽으로 들어갈수록 수십 토막이 넘게 잘려져 있어 이게 과연 사람의 시체인지 아니면 정육점의 고기를 흩뿌려놓은 것인지 분간이 가지 않을 정도였다. 만약 입고 있던 옷이 아니었다면 시체가 아니라 잘 다져놓은 고깃덩어리라 봐도 무방했다.

질린 표정으로 시체 주위를 살펴보던 마를린의 얼굴이 왈칵 일그러졌다. 시체 주변의 벽이나 기둥까지도 완전히 박살이 나 있는 것을 발견한 것이다. 이건 라이가 꿈속에서 본 검술을 겉핥기로 대충 흉내만 내던 것에서 발전하여 점차 검술이 지닌 진정한 위력을 발휘해 나간 흔적이었다. 하지만 그걸 알 리 없는 마를린으로서는 라이가 만들어 놓은 검세(劍勢)의 흔적이 폭발적으로 커져가는 것을 전혀 다른 방향으로 해석할 수밖에 없었다.

사람을 죽이는 데 있어서 이렇게까지 잔인하게 죽여야만 하는 걸까? 마법 한 방으로 수십 명쯤은 가볍게 죽여 버릴 수 있는 실력을 지닌 마를린으로서도 도저히 이해할 수가 없는 짓거리였다. 이건 사람이 아닌, 푸줏간의 고기를 그저 장난삼아 난도질했다고밖에는 볼 수 없었던 것이다.

"우으읍……."

너무 잔인한 장면에 속이 울렁거려 더 이상 자세히 살펴볼 엄두가 나지 않았다. 마를린은 코를 움켜쥐며 피 냄새에서 벗어나기 위해 계단 쪽으로 걸음을 옮기며 생각을 정리했다.

'입구 쪽의 시체들은 깔끔하게 두 토막으로 죽였지만, 안으로 들어갈수록 아예 곤죽을 내서 죽였어. 게다가 벽과 기둥에 남겨진 흔적으로 봤을 때 이건 검으로 만들어 낼 수 있는 수준을 벗어나 버렸어. 거의 근위기사급 정도의 실력⋯⋯?'

증거가 남아있지 않기에 정확한 건 알 수 없었지만, 그녀는 이 흔적이 사내가 점차 이성을 잃어버린 결과라고 판단했다. 이성을 완전히 잃어버리지 않고서야 이런 미친 짓거리를 할 이유가 없지 않은가.

혹시 그를 미쳐버리게 만든 원인이 어쩌면 피 냄새일지도 모른다는 생각이 머릿속을 스치고 지나갔다. 얼마 전에 자신이 데리고 있던 키메라 오크들과 싸웠을 때도 그랬지 않았던가.

왠지 이지를 상실한 미친놈을 보는 듯한 그런 모습⋯⋯.

"피 냄새만 맡으면 미친다고? 젠장, 가뜩이나 위험한 놈이라는 건 알고 있었지만 이러면 얘기가 다르지. 이건 마치 오우거 입안에 내 대가리를 디밀고 있는 거랑 다를 바 없잖아."

하지만 자칫 죽을지도 모른다는 두려움에 몸서리를 치면서도 마를린은 위험을 무릅쓰고 계속 라이의 뒤를 미행할 수밖에 없었다. 아직 제대로 놈의 정체를 밝히지 못했기 때문이다. 이런 상황에서 소장에게 보고를 해봐야 키메라들을 모두 잃은 것에 대한 질책과 무능하다는 낙인만 찍힐 게 뻔했다. 그리고 혹시라도 소장이 놈에 대한 정체나 그 배후 세력에 대한 정보를 알게 된다면, 지금까지 자신이 개고생을 하며 얻은 정보에 대한 공로를 소장이 독차지할 게 뻔하지 않겠는가.

* * *

　샐러맨더 파의 본거지가 어디에 있는지도 모르면서, 자신이 결자해지(結者解之)를 하겠다며 단신으로 달려나가려는 잭의 모습에 부두목인 박스터는 절로 웃음이 터져 나왔다. 저렇게까지 단순할 줄이야…….

　"원, 성질도 급하긴. 자네가 강한 건 알지만 이렇게 무턱대고 뛰쳐나가서는 될 일도 안되는 법이라네. 잠시만 기다리게."

　부두목은 밖으로 나가 지나가던 조직원 하나를 불러 스팅과 알리를 불러달라고 지시를 내렸다. 건물의 크기가 작은 만큼, 둘은 몇 분도 채 지나지 않아 달려왔다.

　"찾으셨습니까, 부두목."

　"그래. 화급을 요하는 일이다. 너희들은 두목의 방문 앞을 지키고 서서 아무도 안에 들어가지 못하도록 막아라. 누군가 두목을 만나고 싶다고 하면, 두목께서는 일이 있어서 아무도 안에 들이지 말라고 엄명을 내렸다고 해. 알겠나?"

　뜬금없는 부두목의 지시에 스팅은 이해할 수 없다는 듯 멍한 표정으로 대꾸했다.

　"예? 두목께서 왜 그런 지시를 내리신 거죠?"

　"잔말 말고 내가 시키는 대로 해!"

　"쩝, 알겠습니다. 부두목."

　심복 둘을 방 밖에 배치한 후에야 부두목은 겨우 안도의 한숨을 내쉬었다. 잠시이긴 하지만 시간을 번 셈이니까. 그들에게 두목의 방문 앞을 지키게 한 후, 그는 잭을 데리고 자신의 방으로 돌아갔다. 물론 그 전에 또 다른 조직원 하나를 불러 두목이 가장 신뢰하던 행동대장 넷에게 완전무장을 갖춘 뒤 자신에게 즉시 달려오라는 지시를 내려놨다.

자신의 방에 도착한 부두목은 탁자에 앉아 다란툼 지부장(支部長)에게 보내는 장문의 편지부터 썼다. 편지를 쓴 후 다시 꼼꼼히 훑어본 부두목은 그걸 잭에게 건네주며 말했다.

"이걸 다란툼 지부장에게 전하면, 그가 알아서 자네를 안내해 줄 거야."

"부두목은 내가 성공할 수 있을 거라고 믿소?"

부두목은 생각할 것도 없이 고개를 힘차게 끄덕이며 대답했다.

"당연하지. 그렇지 않다면 시작도 하지 않았을 거야."

부두목이 다란툼에 가서 조심해야 할 것들에 대해 잭에게 이것저것 얘기해 주고 있을 때였다. 밖에서 쩔그럭거리는 요란한 소리가 들려왔다.

"자네를 안내해 줄 사람들이 도착한 모양이군."

곧이어 문 두드리는 소리와 함께 굵직한 음성이 들려왔다.

"부두목, 찾으셨다고 해서 왔습니다."

"모두들 들어오게."

문을 열고 곰 네 마리…, 아니 곰처럼 덩치가 큰 사내 넷이 들어왔다. 안 그래도 우람한 덩치에 두터운 갑주로 완전무장까지 하고 있다 보니 얼핏 보면 곰으로 착각을 할 정도로 등빨이 좋은 사내들이었다.

"두목님의 명령이다. 너희 넷이 지금 긴히 해줄 일이 있어."

완전무장을 하고 오라는 지시에 산적질 때문에 부른 거라고 짐작했었지만, 긴히 해줄 일이 있다는 부두목의 말에 네 사내의 안색에 긴장감이 감돌았다.

"어떤 일입니까?"

부두목은 벽에 등을 기댄 채 기우뚱한 자세로 서 있는 잭을 손짓으로 가리키며 말했다.

"여기 잭과는 초면이지?"

"예."

"잭을 코비 지부장에게 데려다 주는 게 자네들이 할 일이야. 그리고 상황이 괜찮아 잭의 임무를 도와줄 수 있다면 더욱 좋고 말이지."

코비라면 다란툼 지부를 이끌고 있는 지부장의 이름이었다. 다란툼까지 가는 도중에 운이 나쁘면 떠돌이 몬스터들과 조우하는 경우도 간혹 있었다. 그제서야 그들은 왜 자신들에게 부두목이 무장을 갖추고 집합하라고 한 것인지 이해했다.

하지만 단순히 안내만 하는 일이라면 넷이나 필요하지 않았다. 그래서였을까 사내 중 하나가 떨떠름한 표정으로 입을 열었다.

"다란툼에서 수행해야 할 임무가…, 그렇게 어려운 겁니까?"

"그건 자네들이 걱정할 거 없네. 모든 건 잭이 할 거고, 자네들은 그가 일을 제대로 할 수 있게 조금만 도와주면 돼. 아마 넉넉잡고 일주일 내로 끝날 거야."

"그렇다면 왜 우리들을 모두 부르신 겁니까? 하나나 둘 정도만 있어도 충분할 것 같은데…….”

“화급을 요하는 일이야. 잭을 얼마나 빨리 다란툼에 데리고 갈 수 있느냐에 따라 조직의 안위가 달려있을 정도로. 자네들의 실력을 믿기에 두목의 허락을 얻어 이렇게 소집한 걸세.”

실력을 믿는다는 말에 단순무식한 사내들의 안색이 환히 밝아진다.

“아, 그런 거라면 염려 놓으십쇼.”

“그런 일이라면 저희들이 적격입지요.”

“부탁하네. 이번 일이 잘 완수되면 내 술 한잔 거하게 사도록 함세.”

조장들이 잭을 데리고 희희낙락하며 밖으로 나가자 부두목은 안도의 한숨을 푹 내쉬었다. 잭을 다란툼으로 보내는 것과 함께 조직 내에서 가장 혈기왕성한 놈 넷을 없애버렸으니, 지금 당장 두목이 죽은 걸 누군가 알아차린다 해도 유혈사태가 벌어질 염려는 없으리라.

말은 하지 않았지만 부두목은 잭이 샐러맨더 파의 수뇌부를 척살할 수 있을 거라고는 처음부터 기대도 하지 않았다. 그가 생각하는 최고의 시나리오는 잭이 행동대장 넷과 함께 몽땅 다 샐러맨더 파에 죽임을 당하는 것이었다. 그것도 아주 거창하게 유혈극을 벌인 끝에.

샐러맨더 파가 거기에 정신이 팔려있을 때, 자신은 이곳에서 두목의 자리를 확고하게 안정시키려는 게 그의 생각이었다.

‘두 번째로 급히 처리해야 할 일은…….’

부두목은 황급히 두목의 방으로 되돌아갔다. 두목의 방 앞은 방금 전 그가 떠났을 때와 똑같은 상황이었다. 스팅과 알리가 잔뜩 긴장한 얼굴로 방문 앞에 꼿꼿이 서 있다가 부두목이 다가오는 것을 보자 얼른 인사를 했다.

부두목은 두목의 방 안으로 들어가며 스팅에게 지시했다.

"너는 가서 루크 녀석을 찾아 이리로 데려와. 두목께서 찾으신다고 하면 곧장 달려올 거야."

루크는 너무 많은 걸 알고 있었다. 여왕벌의 둥지를 박살 낸 게 블루썬더에서 벌인 일이라는 걸 알고 있는 놈이다. 만약 녀석이 두목이 죽었다는 걸 알게 되면 살기 위해 샐러맨더 파로 가서 밀고를 할 가능성이 아주 높다. 그렇기에 녀석이 알아채기 전에 재빨리 해치워 버릴 필요가 있었다.

"알겠습니다."

스팅이 루크를 데려오면 기습해 죽이려고 만반의 태세를 갖추고 기다리고 있을 때, 밖에서 문 두드리는 소리가 들려왔다. 부두목은 번개처럼 단검을 뽑아 쥐었다. 그런데 다음 순간 들려온 건 루크가 아닌 스팅의 목소리였다.

"부두목, 접니다."

"뭐야?"

루크 녀석을 데리고 왔다면 이렇게 말할 리 없다. 부두목의 말투는 자신도 모르게 짜증이 잔뜩 담겨 있었다.

방 안으로 들어오던 스팅은 비릿한 피 냄새와 함께 두목이 탁자 위에 엎어져 있는 걸 보고는 찔끔했다. 그는 그제서야 부두목이 두목을 해치운 것을 알았다. 하지만 그의 부두목에 대한 충성심은 변하지 않았다. 곧장 시선을 부두목에게로 옮기며 묻는다.

"녀석이 본부 밖으로 나갔다고 하는데, 찾아서 데려올까요?"

스팅의 보고에 부두목은 성질이 뻗치지 않을 수 없었다. 이런 놈들을 부하랍시고 믿고 일을 해야만 하다니!

"그걸 말이라고 해! 빨리 가서 데리고 와!"

"옛, 두목."

스팅은 자신도 모르게 부두목에게 두목이라고 한 후 밖으로 후다닥 달려나갔다. 인상을 찌푸리던 부두목은 의자에 거칠게 앉으며 생각에 잠겼다. 어떻게 해야 할 것인가? 권력 교체는 최대한 빠른 시간 내에, 반발 없이 끝내는 게 최고다.

폭력조직이라는 것 자체가 워낙에 권력 교체가 잦은데다, 이미 두목은 죽어 버린 상황. 그리고 두목의 뒤를 이을 후계자도 없으니 조직적인 반발은 일어날 수 없다는 게 부두목의 생각이었다.

하지만 가장 큰 걸림돌 둘이 있었다. 첫째가 루크고, 둘째가 두목의 애인이었던 루산나였다. 둘 다 없애 버리기에는 아까운 인물들이었지만 어쩔 수 없다. 두목이 죽었다는 것을 알게 된 후 순순히 자신의 휘하에 들어오면 다행이지만, 그렇지 않고 복수를 하겠다며 샐러맨더 파 같은 거대조직에 투항해 밀고라도 하는 날에는 끝장이었으니까.

"후환은 남기지 않는 게 좋겠지……."

씨익 미소 짓는 부두목의 얼굴에는 짙은 살기가 어려 있었다.

* * *

"통성명이나 하지. 나는 달톤이라고 한다."

주먹코 사내가 달톤, 가장 키 큰 사내가 랜, 짙은 수염이 얼굴 전체를 덮고 있는 털보가 해리슨, 뺨에 커다란 흉터가 있는 사내는 피터라고 자신을 소개했다.

모두들 중간보스급 조장답게 커다란 덩치를 지니고 있는데다, 살인을 밥 먹듯 해온 자들 특유의 살기까지 은근히 풍기고 있다. 노련한 용병들에게서나 느껴지던 그런 기운. 그 때문에 라이는 자신이 그들보다 훨씬 강하다는 것을 머리로는 알면서도 자꾸만 주눅이 드는 것을 어찌할 수 없었다.

"잭입니다. 잘 부탁드립니다."

감히 자신들을 마주 보지도 못하고 시선을 슬그머니 피하면서 인사를 하는 라이를 보며, 그들의 표정에 비웃음이 어린다.

"다란툼에는 무슨 일로 가는 거냐?"

그들은 뒷골목에서 잔뼈가 굵었기에 그런 곳에서 자란 애들은 한눈에 척 보면 알 수 있었다. 그런데 이 잭이라는 녀석은 아무리 봐도 뒷골목 출신 같지는 않아 보였고, 그렇다고 조직에 새로 입단한 애송이라고 단정 짓기도 이상했다. 아무런 재주도 없는 녀석을 부두목이 직접 자신들에게 명해 다란툼까지 데리고 가라고 할 이유가 없었으니까.

"제가 말하긴 그렇고…, 나중에 부두목께 직접 물어보시죠."

라이의 대답이 마음에 들지 않았던 모양이다. 모두의 인상이 확 일그러진다.

"허어, 이것 봐라? 생긴 것 답지 않게 제법 맹랑한 놈일세……."

어린놈에게 무시를 당했다고 느꼈는지 달톤의 안색이 시뻘겋게 달아오른다.

상대를 향해 이죽거리며 시비를 거는 것도, 그러다 제 성질을 못 이겨 미친놈처럼 날뛰는 것도 이들 중 제일 빠른 게 달톤이었다.

당장 라이의 멱살을 움켜쥐려는 달톤을 피터가 재빨리 말렸다. 그 모습을 보며 라이는 의외라고 생각했다. 인상으로 봤을 때, 넷 중에 피터가 제일 험악하고 성질 급하게 생겼기 때문이다.

"야! 애새끼 하나 잡는 건 뭐라 하지 않는데, 하고 싶으면 요새를 벗어나 사람들이 없는 곳에서 해. 이러다 자칫 이 사실이 부두목한테 알려지면 씨발, 그 잔소리를 우리까지 들어야 하잖아."

피터의 말에 달톤은 더욱 인상을 찡그리면서도 순순히 뒤로 물러선다.

"에잇 진짜, 성질 같아서는 그냥 모가지를 뽑아 버리고 싶구만. 이봐, 애송이. 내게 한 번만 더 버르장머리 없이 대꾸했다간 임무고 나발이고 묵사발을 낼 테니까 조심해! 알겠냐? 새꺄."

"……."

라이는 아무 대답도 하지 않고 묵묵히 있었다. 물론 달톤의 위협에 겁을 먹어서 그런 건 아니었다.

　여왕벌의 둥지라는 아수라장을 헤쳐 나온 이후, 라이는 자신의 실력에 대해 어느 정도 믿음을 가질 수 있게 되었다. 지금 그가 아무 말 않고 조용히 넘어가는 것은 달톤과 싸우는 게 두려워서가 아니라 이들에게 다란툼으로 가는 길을 안내받아야 했기 때문이다. 가급적이면 목적지에 도착할 때까지 사고를 치고 싶지 않았다. 현재 라이로서는 힘 조절을 한다는 게 거의 불가능했으니까.

설마 눈치를 채고 튀었나?

35

암살계의 노선배

요새 내에는 이미 경계령이 떨어졌는지 성문 경계가 한층 강화되어 있었다. 평상시의 3배에 달하는 병력이 배치되어 밖으로 나가는 사람들을 철저하게 조사하고 있다. 그리고 성벽 위에도 병사들이 배치되어 주변을 향해 날카로운 눈길을 던지고 있는 게 보였다.

평상시에는 요새도시 안으로 들어오는 사람들에 대한 검문검색은 철저하게 해도, 밖으로 나가는 사람들에 대해서는 거의 신경을 쓰지 않았었다. 하지만 지금은 달랐다. 반출하는 짐을 풀어 자세히 살펴보는 것은 물론이고, 각자의 신분증을 꼼꼼히 살펴보고 조금만 수상쩍어도 잡아들이고 있었다.

그 탓에 밖으로 나가려는 사람이 밀리고 밀려 긴 줄을 형성하고 있는 중이다. 밖으로 나가기에는 조금 늦은 시간인데도 이 정도이니, 아침에는 이 줄이 얼마나 길었을 것인지 짐작조차 가지 않았다. 그나마 앞쪽에 서 있는 사람의 숫자가 20여 명 정도밖에 되지 않는다는데 위안을 삼으며 라이 일행은 그들 뒤에 자리를 잡았다.

이때, 검문검색을 하던 경비병들 중 하나가 라이 일행 쪽으로 다가오는 게 보였다. 대부분 경비병들의 나이가 20대 초반 정도인 것을 감안한다면 꽤 나이가 들어 보이는 경비병이었다.

"오늘도 사냥 나가려고?"

자신들을 향해 말을 거는 경비병에게 달톤을 비롯한 4명은 얼른 고개를 숙이며 최대한 공손한 표정을 지으려 노력했다. 워낙 험상궂게 생긴 얼굴이라 그게 더 어색해 보이긴 했지만, 누가 보더라도 경비병과 달톤 일행이 꽤나 친밀한 관계라는 건 금방 알 정도였다.

사실, 내막을 알고 있다면 조금만 생각해보면 뻔한 관계였다. 좋은 먹이가 포착되었을 때만 밖으로 나간다면 누구나 수상쩍게 생각할 수밖에 없지 않겠는가. 그런 만큼 달톤 일행은 평소에도 몬스터 사냥을 한다는 명목으로 부지런히 들락거렸고, 나갈 때마다 성문 경비병들에게 적당한 뇌물을 주다 보니 이런 친밀한 관계가 형성될 수밖에 없었던 것이다.

"에휴~, 먹고 살려니 별수 있습니까? 그런데, 오늘은 어쩐 일로 십부장님께서 밖에 나와 계십니까. 어디 높으신 분 저택에 도둑이라도 들었습니까?"

달톤의 너스레에 십부장은 인상을 잔뜩 찡그리며 투덜거렸다.

"젠장, 살인 사건이야. 어떤 미친놈이 여왕벌의 둥지를 아예 박살을 내놨다고 하더구만. 그 때문에 저 위쪽에서 엄청 쪼아대는 모양이야. 빨리 흉수를 잡아들이라고."

"여왕벌의 둥지라면…, 샐러맨더 파라는 거대 조직이 뒤를 봐주고 있다는 소문이 돌던데……."

"보나마나 폭력배들 간의 세력 싸움이겠지. 그거 말고 뭐가 있겠어?"

"에휴, 그놈들 싸움에 엄한 우리들까지 피해를 입고 있는 거네요. 십부장님께서도 고생을 하시고."

"내 말이. 덕분에 아침부터 범인을 색출한답시고 이 개고생 아닌가."

그러자 달톤이 조심스럽게 십부장 얼굴 근처로 다가서며 소근거렸다.

"근데 범인은 누구랍니까? 이곳 델카에서 샐러맨더 파를 건드릴 간 큰 조직은 거의 없을 텐데……."

"내 짐작이지만 샐러맨더 파와 사사건건 시비가 붙던 블랙울프 파의 소행이 아닌가 싶어."

"그럼 그놈들을 조사해야지, 왜 성문을 막아놓고 이 난리랍니까?"

"쯧, 블랙울프를 옹호하는 간부들이 어디 한두 명인 줄 아나? 그러니 본거지를 조사해 보기는커녕 여기서 이러고 있지."

그러자 달톤은 십부장에게 작은 주머니 하나를 슬쩍 건네며 말했다.

"에고, 우리 십부장님이 너무 고생이 많으셔서 어쩌나. 이걸로 고생하시는 부하분들과 저녁에 한잔하시죠."

"뭘, 이런 걸 다……."

말은 그렇게 했지만 십부장은 주머니를 곧바로 품속에 집어넣는다.

"괜찮은 놈이 잡히면, 돌아올 때 맛좋은 부위로 몇 덩이 잘라
드릴게요."

"허허, 이거 말만이라도 고맙구먼."

십부장은 그제서야 줄 제일 뒤쪽에 서 있는 라이를 발견했다.
낡은 가죽갑옷에 롱 소드를 허리에 차고 있긴 했지만, 혼자 나
돌아다니기에는 너무 어려 보였다. 도대체 왜 여기에 서 있는
건지 이해를 하기 힘들었던 십부장은 달톤에게 슬쩍 묻는다.

"혹시, 이 친구도 자네 일행인가?"

"예. 이번에 새로 들어온 애송이입니다."

"흠, 처음 보는 얼굴인 거 같은데?"

"얼마 전에 사냥을 하다 반병신이 된 저놈 애비가 굶어 죽게
생겼다면서 제발 사냥에 데리고 가 달라고 사정사정해서 말이
죠. 어쩔 수 없이 받아주긴 했습니다만 에휴, 이러다 저놈까지
병신이 되는 건 아닌지 걱정입니다요."

달톤의 넋두리에 십부장은 라이를 찬찬히 훑어봤다. 그리고
는 이내 고개를 끄덕였다. 달톤의 심란해하는 마음이 이해가 된
것이다.

십부장이 볼 때, 몬스터 사냥을 하기에 라이는 덩치가 너무
왜소했다. 그나마 장비라도 괜찮았으면 좋았을 테지만, 저런 허
름한 걸로는 턱도 없다. 더군다나 롱 소드라니. 얇고 가벼운 만
큼 휘두르기는 좋지만, 몬스터가 휘두르는 몽둥이 한 방에 두
토막이 나는 경우가 허다했다. 그 때문에 몬스터 사냥꾼들은 좀
더 묵직하고 튼튼한 무기를 선호했다. 중검 종류나 도끼, 창 같

은 거 말이다.

하고 있는 행색만 봐도 어리숙한 초보티가 팍팍 나고 있다. 십부장은 딱하다는 듯 라이를 바라보다 다시금 시선을 달톤에게로 옮기며 말했다.

"매정하다는 말을 들어도 딱 잘라서 거절을 하지 그랬어. 몬스터 사냥이 어디 애들 장난도 아니고, 이러다 자칫 사람 하나 잡을지도 모르는데 말이야."

달톤은 어깨를 으쓱거리며 퉁명스럽게 말했다.

"제 생각도 그런데 저놈 애비가 아들 새끼 죽어도 좋다며 막무가내로 밀어붙이는 데야 두 손 두 발 다 들었죠. 그래서 일단 짐꾼으로 한번 데리고 나가 보려고요."

"젠장, 이 동네에서 그나마 돈벌이가 되는 건 사냥밖에 없으니 그 애비를 뭐라 하기도 그렇고. 그래 이번에는 얼마나 있을 예정인가?"

"일단은 일주일을 생각하고 나갑니다만, 쓸 만한 사냥감을 찾지 못하면 며칠 더 걸릴지도 모르겠네요."

"따라오게."

십부장은 달톤 일행을 데리고 곧장 요새도시 밖으로 나갈 수 있도록 편의를 봐줬다. 십부장이 이들을 직접 인도해 갔기에 그 누구도 뭐라고 하는 사람은 없었다.

"십부장님 덕분에 성문을 빨리 통과할 수 있게 됐네요. 감사합니다."

"뭘. 자네들하고 하루 이틀 본 사이도 아닌데……. 그럼 행운을 비네."

"감사합니다, 십부장님."

달톤 일행이 요새도시 밖으로 나오자 마차 두 대와 십여 명의 사람들이 성문 옆에 옹기종기 모여 있는 게 보였다. 자위능력이 떨어지는 일반인들의 경우, 일정 숫자가 모일 때까지 저렇게 문 앞에서 기다렸다가 일정 수 이상이 모이면 함께 출발하는 게 상식이었다.

중무장을 하고 있는 사내들이 다섯이나 한꺼번에 쏟아져 나오자 모두의 시선이 쏠렸지만 곧이어 그들의 얼굴에 옅은 실망감이 어렸다. 달톤 일행이 착용하고 있는 갑옷의 형태와 무기를 통해 이들이 다란툼으로 가는 용병이 아니라, 산맥으로 올라가는 사냥꾼이라고 지레짐작을 한 것이다.

몬스터 사냥꾼들이 애용하는 갑주는 둔기(鈍器) 공격에 대한 방어에 특화되어 있기에 약간의 지식만 있다면 알아보는 건 그리 어려운 일이 아니었기 때문이다. 그리고 갑주뿐만이 아니라 무기도 용병과는 약간 차이가 있었다.

*　　*　　*

블루썬더 파의 주 수입원은 산적질이었고, 그 대상은 밀수꾼들이다. 처음부터 위법적인 일을 하는 놈들인 만큼, 산적에게 털려 전 재산을 날렸다고 해도 어디에 하소연할 수도 없다는 것을 노린 것이다.

물론, 밀수꾼들 중에서도 건드려서는 안 되는 집단도 있다. 요새도시 델카의 고관들과 연결되어 있는 거상들, 또는 샐러맨더나 블랙울프와 같은 거대 폭력조직과 연관되어 있는 밀수꾼들이다.

밀수꾼, 즉 먹잇감들에 대한 정보 수집이 루크의 주된 업무였다.

"멀린 상회에서 일주일쯤 후에 물건이 들어온다고 했답니다."

부하의 보고에 루크는 씁쓸하게 입맛을 다셨다.

"젠장! 좋은 걸 하나 놓쳤군."

부하가 말한 물건은 정상적인 경로를 통해 운반되어 들어오는 물품을 말하는 게 아니라, 밀수꾼들이 주로 취급하는 것을 말한다. 루크가 맡은 일은 부하들을 투입해 그런 물건들의 동향을 주의 깊게 관찰하는 것이었다. 밀수꾼들이 자신들의 행적에 대해 사방팔방 떠들고 다니는 건 절대로 아니었으니까.

일주일 후에 물건이 들어온다고 했다면, 멀린 상회에 물건을 건네주는 밀수꾼들이 밀수품을 들고 산맥을 넘어간 건 그보다 한 달쯤 앞이었을 것이다. 알카사스에서 생산되는 물건들 중에는 외국에서 군침을 흘리는 고가품들이 많다. 특히 마법물품들이…….

그에 반해 외국에서 생산되는 물건들 중에서 알카사스 쪽에서 군침을 흘릴만한 건 극히 드물었다. 그런 만큼, 밀수꾼들은 외국에 인기 있는 고급품을 밀수출하고, 산맥을 넘어 되돌아올 때는 빈손으로 돌아오기는 뭣하니까 현금으로 바꾸기 용이한 적당한 물건들을 가지고 돌아오는 게 관례였다.

즉, 돌아오는 놈은 털어 봐야 별로 돈이 되지 않는다는 말이다.

물론 개중에는 밀수출한 대금을 고스란히 들고 돌아오는 멍충이들도 있긴 했지만, 그런 경우는 극히 드물었다. 상인 길드에 약간의 수수료를 지불하는 것만으로도 안전하게 현금을 이동시킬 수 있었으니까. 현금을 이동시키는 건 밀수가 아니기에 굳이 위험부담을 감수할 필요가 없는 것이다.

이때, 밖에서 굵직한 목소리가 들려왔다.

"루크 있냐?"

곧이어 그에 응하는 부하의 목소리도 들린다.

"아, 예. 안에 계십니다."

쓰윽 안으로 들어서는 사내의 얼굴을 보자 루크는 활짝 웃으며 반겼다.

"오호, 오랜만이군. 그런데 자네가 여기까지 웬일인가?"

"두목께서 자네를 찾으셔서 말이야. 빨리 본부로 들어오래."

"그래?"

이리로 오기 전에 두목하고 만나고 왔던 루크다. 그 사이에 뭔가 자신에게 지시할 거라도 갑자기 생긴 건가?

자리에서 일어서려던 그의 뇌리를 번쩍 스치는 게 있었다. 왜 두목의 명령을 스팅이 전달하러 온 것일까?

스팅은 이런 일을 전담해 왔던 녀석도 아니었고, 이런 하찮은 전언을 전달하기에는 조직 내에서의 그의 지위가 너무 높았다. 이 정도 전언이라면 조직원 중 아무나 붙잡고 시켜도 되는 일이 아닌가. 게다가 루크의 의구심을 더욱 키운 것은 스팅이 부두목의 라인을 타고 있는 직속 수하라는 점이었다.

이 모든 상황이 그의 머릿속에서 번개처럼 조합되자 등골을 타고 싸늘한 기운이 퍼져나가며 온몸에 소름이 쫘악 돋는다.

아무래도 느낌이 이상해……?

슬쩍 스팅의 눈치를 살피자 그는 왠지 안절부절못하는 듯 좌우로 눈알을 불안하게 굴리고 있었다. 조직 내에서 무투파로 분류되는 스팅이 고작 두목의 전언을 전하는 것만으로 불안해한다? 그렇다면 이건 거짓이다. 그리고 두목을 핑계 삼아 본부로 자신을 호출할 일이라면?

한 점의 표정 변화도 없이 라이에게 거짓말을 뻔뻔스럽게 나불대던 루크였다. 그런 그가 자신의 당혹스러운 내심을 드러낼 리가 없다. 루크는 애써 웃음 지으며 능청스럽게 입을 열었다.

"급히 해야 할 일이 있어서 그러는데, 잠시만 여기서 기다려주겠나? 부하들에게 몇 가지 지시만 하고 바로 돌아옴세."

곧바로 돌아오겠다는데 두목이 빨리 데리고 오라고 했다면서 압박하는 것도 이상한 노릇이다. 그렇기에 스팅은 루크의 요청을 허락할 수밖에 없었다.

"그러게나."

그러자 후다닥 밖으로 달려나가는 루크.

"잠시만 기다리게. 최대한 빨리 끝내고 돌아옴세."

스팅은 그 이후 꽤 오랜 시간 루크가 돌아오기만을 애타게 기다렸지만, 결국 그는 돌아오지 않았다. 다급한 마음에 주위의 부하들을 붙잡고 루크의 행방을 수소문했지만 어디로 갔는지 아는 놈은 단 한 명도 없었다.

그제서야 스팅은 자신이 루크에게 당했다는 것을 깨달았다.

'설마…, 눈치를 채고 튀었나?'

그렇게밖에는 생각할 수 없는 상황. 계속 자리에 앉아 녀석을 기다려 봐야 별 뾰족한 수도 없었기에 스팅은 부두목이 있는 곳으로 되돌아갔다. 임무를 완수하지 못했기에 왕창 깨질 것을 걱정하며…….

"부두목, 스팅입니다."

스팅이 루크를 데리고 온 줄 알고 허리춤에 단검을 챙겨 넣던 부두목은 문을 열고 스팅 혼자 들어오자 어이가 없었다는 듯 소리 질렀다.

"루크는 어디 가고, 너 혼자 돌아와?"

호된 질책에 스팅은 고개를 푹 숙인 뒤 기어들어가는 듯한 목소리로 변명했다.

"그, 그게. 급하게 일 처리할 게 있다며 나간 뒤, 아무리 기다려도 오지 않아 찾아봤더니 어디로 간지 아무도 몰라서……."

"끄응……."

부두목은 기가 막히지 않을 수 없었다. 그 또한 루크 못지않게 눈치가 빠른 인물이다. 그렇지 않고 대가리 속에 근육밖에 안 들어있는 저돌적인 사내였다면, 오래전에 두목 눈 밖에 나서 산속에 파묻혔으리라. 두목의 의심을 산 부하들은 다 그렇게 죽임을 당했고, 또 흔적 없이 묻혀 버렸으니까.

물론 두목은 그들이 조직을 떠났거나, 아니면 현상금 사냥꾼 따위에게 잡혀 죽임을 당한 게 아닐까 하는 소문을 흘려 연막을 쳤었다. 그런 두목 밑에서 십수 년을 버틴 사내가 부두목이다. 몇 가지의 단서만으로도 대략적인 상황을 유추할 수 있는 눈치가 있는 것이다.

루크 녀석이 튀었다. 단순히 튀기만 했을까? 순간, 부두목은 자신이 가장 우려하던 사태가 벌어졌다는 것을 깨달았다. 두목을 죽인 후, 굳이 루크 녀석을 불러들여 해치우려고 했던 이유. 그건 녀석이 너무 많은 걸 알고 있기 때문이 아니었던가.

"지금 당장 이곳을 벗어난다."

갑작스런 부두목의 명령에 스팅은 멍한 표정으로 물었다.

"예? 그건…, 무슨 말씀이신지?"

"시간이 없다. 내 짐작이 맞다면 녀석은 지금 샐러맨더 놈들에게 달려가 우리를 밀고하고 있는 중일 테니까. 썩을 놈! 그냥 죽고 말지, 자기 혼자 살겠다고 동료들을 팔다니……."

자신이 죽이려 했고 놈이 눈치채고 튄 것이지만, 부두목으로서는 루크놈이 괘씸하기 짝이 없었다. 하지만 이렇게 성질만 내고 있어 봐야 아무것도 변하지 않는다. 지금은 한시라도 빨리 이곳을 탈출하는 것만이 살길이었다.

부두목은 다급하게 방 밖을 지키고 있던 알리까지 불러 지시를 내렸다.

"지금 당장 여기를 벗어나라고 모든 조직원들에게 전해라. 그리고 알리, 너는 지부들을 돌며 나에게서 별도 지시가 내려갈 때까지 깊숙이 잠적하라고 해. 루크 놈이 배신했다!"

스팅과 알리에게만 맡겨둘 수는 없었기에 부두목은 솔선해서 본거지 안을 돌아다니며 루크가 조직을 배신했다는 걸 알렸다. 그놈이 샐러맨더 파나 블랙울프 파에 매수되어 두목을 암살하는 만행을 저지르고는 튀었다고 말이다.

조직원들은 부두목의 말을 곧이곧대로 받아들이기는 힘들었지만, 두목의 시체를 보고는 모두들 입을 다물 수밖에 없었다. 더구나 지금은 한가롭게 범인이 누구냐를 따지고 있을 시간 여유조차 없는 상황이다.

"최대한 빨리 이곳을 벗어난다! 녀석 혼자서 두목을 암살하는 대담한 짓거리를 벌였을 리가 없다. 분명 샐러맨더나 블랙울프의 사주를 받았음에 틀림없어. 그리고 그놈들이 언제 이곳을 덮칠지 알 수 없다. 이곳은 물론이고, 지부 전체가 위험하다! 각자 지부로 가서 잠적하라고 전해. 준비해 놓은 비밀거점으로 피신하지 말고, 아무 데나 다른 곳으로 튀라고 말이야. 모두들 빨리 움직여! 빨리!"

루크가 배신한 만큼, 그놈이 알고 있는 비밀거점들은 쓸 수가 없다.

"'돈벼락'은 어떻게 하면 되겠습니까? 거기 쌓인 물건을 모두 빼내려면…….'"

산적질을 통해 약탈한 물품들을 합법적으로 팔아먹기 위해 세운 게 바로 『돈벼락』이라는 상점이었다. 값싸고 덩치 큰 물품들은 그곳으로 가져가서 판매했고, 손쉽게 구하기 힘든 값비싼 물품들은 따로 모아뒀다가 다른 영지로 가져가서 팔았다. 그편이 가격을 비싸게 받을 수 있을뿐더러, 꼬리를 잡힐 염려가 없었으니까.

어쨌거나 그들이 가진 부피 큰 물품들은 모두 거기에 쌓여 있었고, 그걸 단시간 내에 빼돌린다는 것은 쉬운 일이 아니었다. 더군다나 비밀거점들을 쓸 수 없는 만큼, 그것들을 빼돌리는 데 성공한다 해도 보관할 수 있는 장소를 확보하는 것도 쉬운 일은 아니다.

부두목은 눈을 질끈 감지 않을 수 없었다. 그게 어떻게 모은 물건들인데…….

"어쩔 수 없지. 값비싼 것들만 챙겨 들고 빨리 피하라고 해. 한시가 급하다!"

"알겠습니다, 두목."

루크의 배신

35

암살계의 노선배

"이런 젠장, 대체 그게 말이 되는 소리야!"

치밀어 오르는 성질을 도저히 참지 못하겠다는 듯 옆에 있던 탁자를 철퇴로 박살 내 버린 사내의 행동에 방 안에 있던 사람들은 황급히 고개를 숙였다. 혹시라도 자신에게 불똥이 튈까 두려워서다.

"그, 그게 정말입니다. 정말 어린놈이 그랬다니까요."

여왕벌 둥지의 지배인의 말에 요새도시 델카의 부지부장이자 돌격대장인 덤프의 안색이 더욱 붉어졌다.

"그래, 네놈 말대로라면 그 쪼그만 놈이 행패를 부리다 갑자기 지부장님이 계신 지하로 달려 들어가 그 참상을 일으켰다는 말이지? 게다가 당시 경비를 서고 있던 우리 조직원들은 덤이고."

"그, 그렇습니다. 제가 본 사실 그대로 말씀드린 겁니다."

지배인은 덤프의 질책에 고개를 팍 수그리며 대답했다. 물론 다 말한 것은 아니었다. 그 어린놈이 누나를 농락한 자신을 찾으러 왔다 그 사태가 벌어졌다는 말을 어떻게 하겠는가. 아마 덤프의 성격상 그 말을 듣자마자 저 무시무시한 철퇴로 자신의 대가리를 박살 낼 게 뻔했으니까. 미친개라는 덤프의 별명이 그냥 생긴 게 아닌 것이다.

"씨발, 그 개소리가 사실인지는 일단 그 애새끼부터 잡은 뒤 얘기하자."

덤프는 시뻘게진 눈으로 옆에 서 있는 사내에게로 눈길을 돌렸다. 그러자 사내는 곧바로 입을 열었다.

"조직원들을 풀어 도시 전체를 샅샅이 수색하라 지시해 두었습니다. 그리고 델카의 경비대장에게도 협조를 구해 수상쩍은 놈을 발견하면 곧바로 연락을 달라고 했고, 블랙울프 파 쪽으로도 몇 명 보내 그쪽 분위기를 살펴보라고 했습니다."

"젠장, 본부에는 괜히 알렸어. 범인을 잡는 건 고사하고 어떤 놈이 그런 짓거리를 벌인 건지 감도 못 잡고 있다니……."

"그래도 알리신 건 잘하신 겁니다. 오리무중인 상태에서 보고까지 늦어졌다는 게 밝혀지면 자칫 목이 날아가실 수도 있는 일입니다요."

"그건 그렇지만……. 하지만 본부에서 지원부대를 보냈을 게 뻔하고, 지원부대를 누가 이끌고 올지는 네놈도 알 거 아니냐."

지원부대를 이끌고 달려올 사람은 평소 칼릭스와 사이가 안 좋던 잭슨이 될 가능성이 컸다. 칼릭스와 쌍벽을 이룰 정도로 교활하기 짝이 없는 인물이었으니까. 그런 그가 이곳에 오면, 칼릭스의 오른팔이라고 할 수 있는 덤프를 가만히 놔둘 리가 없는 것이다. 어쩌면 부지부장 자리에서 쫓겨나는 건 물론이고, 자신의 대가리가 몸통과 분리될 우려조차 있는 것이다.

'씨발! 이 자리에 어떻게 올라왔는데, 이렇게 끝날 수는 없어.'

그때 방문이 거칠게 열리며 조직원 하나가 급하게 안으로 들어왔다.

"부지부장님, 범인과 그 배후세력을 알고 있다는 놈이 밀고를 하러 왔습니다."

부하의 말에 덤프는 자신도 모르게 자리에서 벌떡 일어서며 외쳤다.

"뭐, 그게 정말이야! 당장 데리고 들어와!"

덤프의 말이 끝나기가 무섭게 또 다른 조직원 한 명이 사내 하나를 끌고 안으로 들어왔다. 그 사내는 바로 루크였다.

덤프는 루크를 노려보며 으르렁거렸다.

"만약 네놈의 말에 거짓이 있다면 내 친히 네놈의 혀를 뽑고 사지를 절단 내 주마. 정말 범인이 누군지 알고 있느냐?"

"헤헤, 범인이 누군지 그 배후세력이 어디인지까지 정확하게 알고 있습니다요. 그런데 정보에 대한 보상은 있겠지요?"

이 바닥에서 산전수전 다 겪은 루크였다. 부두목이 행동에 나선 이상, 두목은 이미 이 세상 사람이 아닐 가능성이 컸다. 두목을 암살하지도 않고, 자신부터 먼저 친다는 것은 있을 수가 없는 일이었으니까.

죽지 않으려면 샐러맨더 파를 찾아가 밀고하는 수밖에 다른 도리가 없었다. 그리고 운이 좋다면 두둑한 보상까지 받아내 렐카를 뜰 수 있게 될지도 모른다. 물론, 그것도 다 자신이 상대의 눈치를 잘 살펴 행동해야만 가능하겠지만……

"걱정 마라. 정보만 확실하다면 네놈이 만족할 만큼 챙겨 줄 테니까. 자, 그러니 빨리 말해!"

"세상이 워낙 흉흉하다 보니 미리 선불로 챙겨주시면, 헤헤헤. 그러면 제가 직접 놈들의 본거지까지 길 안내를 해드리겠습니다요."

덤프의 얼굴이 왈칵 일그러졌지만 곧 희미하게 웃음이 떠올랐다. 그만큼 정보에 대한 자신이 있으니 저런 똥배짱을 부리는 거라 생각한 것이다. 덤프는 품 안에서 주머니 하나를 꺼내 그대로 루크에게 던져준다.

쩔그렁.

묵직한 돈주머니를 주워든 루크는 재빨리 안을 들여다본 뒤 금화가 가득 들어있자 만족스런 웃음을 흘리며 입을 열었다.

"범인은 18세 정두 되는 잭이라는 녀석이고, 그 배후세력은 바로 블루썬더라는 조직입니다요."

"18살? 그리고 배후세력은 뭐, 블루썬더?"

덤프는 범인이 18살이라는 말에 어이가 없었지만 지배인이 말한 어린놈이 범인이라는 말이 떠오르자 수긍할 수밖에 없었다. 그리고 그의 관심은 범인의 배후세력인 블루썬더라는 조직으로 향할 수밖에 없었다. 대체 어떤 거대 조직이기에 그런 가공할 살인 병기를 키워 낼 수 있단 말인가?

그때 말단 조직원 중 한 명이 조심스럽게 앞으로 나서며 입을 열었다.

"저, 부지부장님. 제가 그 블루썬더라는 조직을 아는데요. 시장에서 영세상인들 대상으로 보호세를 뜯거나 소매치기, 도둑

질 같은 걸 업으로 하는 허접한 놈들입니다. 그리고 저놈 역시 그 블루썬더 조직원이구요. 소매치기하는 애새끼들을 관리하고 있는 걸 제가 직접 목격한 적도 있습니다."

'뭐야! 그렇다면 이 새끼가 지금 날 가지고 놀고 있다는 말이 잖아?'

루크가 거짓말로 자신을 속였다고 생각한 덤프는 치밀어 오르는 성질을 못 참고 얼굴을 일그러트렸다.

순식간에 방 안 전체에 짙은 살기가 흘러넘쳤다. 덤프는 자신의 애병인 철퇴를 손에 들고 천천히 루크에게로 다가갔다.

"이런 망할 새끼! 내 앞에서 천연덕스럽게 거짓을 나불거리다니, 그 배짱 하나만큼은 인정해주마. 그 보상으로 네놈을 갈가리 찢어 들개 먹이로 던져 주겠다."

"그, 그게 제 말 좀 들어보세요. 저분이 말한 블루썬더라는 조직이 제가 몸담고 있던 조직이 맞긴 한데, 거기에는 그럴만한 사정이 캑캑……."

루크는 말을 하다 덤프가 한 손으로 자신의 목을 잡아 올리자 죽음에 대한 공포에 눈앞이 새하얗게 변해 버렸다. 미친개 덤프의 악명을 익히 알고 있었기 때문이다.

그때였다. 덤프의 옆에 서 있던 사내가 조심스럽게 입을 열었다.

"부지부장님, 일단 놈이 하는 말부터 들어보시죠. 어쩌면 블루썬더 뒤에 또 다른 조직이 있을 수도 있지 않겠습니까. 놈이 말한 범인의 나이가 지배인이 말한 범인과 비슷하니 말입니다."

그러면서 사내는 덤프의 귓가에 입을 가져간 뒤 작게 속삭였다.

"본부에서 지원부대가 오기 전에 뭔가 행동을 하셔야 합니다. 이렇게 손을 놓고 있다가 지원부대가 오면 그 모든 책임을 부지부장님께서 덮어쓰실 수도 있는 일입니다."

덤프는 일리 있는 말이었기에 사내에게로 고개를 돌리며 물었다.

"그래서 어떻게 하자는 말이냐?"

"놈이 말한 정보가 진짜라면 범인을 잡아서 좋고, 아니라면 놈들에게 뒤집어 씌우면 되지 않겠습니까?"

좋은 생각이라는 듯 고개를 끄덕인 덤프는 루크를 바라보며 으스스한 목소리로 말했다.

"이제 네놈의 주둥아리가 어떻게 열리냐에 따라 네놈의 대가리가 곤죽이 되느냐 마느냐 결정이 되겠구나. 흐흐, 한동안 내 철퇴에 피를 먹여주지 못해 아쉬웠었는데 마침 잘 됐군. 그래, 한번 말해 보거라."

루크는 덤프의 협박에 겁을 먹고 잭에 대해 자신이 알고 있던 모든 것을 털어놓기 시작했다.

*　　*　　*

부두목의 갑작스런 잠적 명령에 조직원들이 허둥지둥 몸을 피할 때, 각 지부의 지부장들이 비상거점에 숨은 부두목을 찾아왔다. 현재 조장 네 명은 라이와 함께 다란톰에 가 있었기에, 부두목을 찾아온 것은 그들을 제외한 세 명이었다. 스팅과 알리는 부두목의 지시를 수행하기 위해 밖에 나가 있었기에 여기에 참석하지 못했다.

"갑자기 잠적하라니…, 이게 어떻게 된 일입니까? 부두목."

부두목은 짐짓 침통한 표정으로 입을 열었다.

"두목께서 돌아가셨다."

뜬금없는 말에 지부장들은 어이가 없는 모양이다.

"예? 두목께서요?"

"어떻게 하다가 돌아가신 겁니까?"

부두목은 두목과 함께 생각했던 비밀작전을 실행하기 위해 그가 달톤 등 조장 넷을 소집해 다란톰으로 보낸 후, 그 결과를 보고하기 위해 두목의 방을 찾았을 때 이미 두목은 죽어있었다고 설명했다.

"어떤 놈이 감히 두목을?"

"믿기지 않겠지만 루크일세."

"루, 루크가요? 아니, 왜 그놈이 두목을……?"

부두목은 미리 재구성해 둔 정황을 지부장들에게 알려주었다. 그들이 듣게 된 정황은 이랬다.

두목이 암살당한 것을 발견하자마자 부두목은 급히 스팅을 정문으로 보내 본부를 빠져나간 사람이 있나 조사하게 했다. 그런데 그 시간대에 정문을 빠져나간 건 루크가 유일했다.

그래서 혹시 루크가 뭔가 알고 있는 건 없나 물어보기 위해 스팅을 보냈더니, 루크가 당혹스런 표정으로 잠깐 시간을 달라고 한 뒤 밖에 나간 후 홀연히 사라져 버렸다고 했다. 게다가 그 부하들에게 물어보니 최근 정보를 수집하겠다며 샐러맨더 파나 블랙울프 파의 조직원들과 접촉하는 일이 잦았다는 말까지 나왔다.

"지금까지 드러난 정황으로 봤을 때, 범인은 루크 녀석이 확실해. 그리고 그 배후에는 샐러맨더나 블랙울프가 있을 가능성이 크고……."

하지만 지부장들은 부두목의 말을 믿기 힘든 듯 모두들 고개를 갸웃하며 인정하지 않는 분위기였다.

"이상하군요. 녀석이 두목을 암살한다고 해서 뭘 얻을 게 있다고……?"

"나도 그게 궁금하다. 두목을 죽인다고 해서 녀석이 그 자리를 이어받을 수 있는 게 아니니까. 오히려 우리 조직원들의 복수에 하루가 지나기도 전에 갈가리 찢겨 죽을 테니 말이야. 그걸 감안한다면 녀석은 샐러맨더나 블랙울프에 포섭되었다고밖에는 생각할 수 없지 않겠나."

"그래서 조직원들에게 잠적을 명령하신 거였습니까?"

"그래."

이때, 문이 벌컥 열리며 스팅이 뛰어들어와 보고했다.

"두, 두목! 큰일 났습니다."

지부장들은 스팅이 부두목을 두목이라고 부르는 것을 들었지만 애써 못 들은 척했다. 이런 상황이라면 어차피 부두목이 두목의 자리를 이어받게 될 것이 확실했으니까.

"도대체 무슨 일인데 이렇게 호들갑이야!"

"두목의 예상이 맞았습니다. 본부에 루크 녀석이 샐러맨더 파의 돌격대장 미친개와 함께 들이닥치는 걸 확인했습니다. 삼십여 명의 중무장한 졸개들을 이끌고 말입니다."

스팅의 보고에 다른 지부장들은 믿기 싫어도 루크의 배신을 믿을 수밖에 없었다.

"이제 어쩌면 좋죠? 두목님의 지시대로 일단 조직원들에게 무작정 몸을 피하게 하긴 했습니다만, 결국 꼬리가 잡힐 수밖에 없지 않겠습니까. 꽁꽁 숨어 봐야 이 바닥이 그렇게 넓은 것도 아니고……."

그런데 이때, 이번에는 알리가 황급히 뛰어들어오며 소리쳤다.

"두목! 크…, 큰일 났습니다."

부두목은 인상을 찡그리며 퉁명스럽게 말했다.

"침착하게 보고해!"

"돈벼락에 중무장한 괴한들이 들이닥쳤습니다. 놈들은 몇 명 되지 않으니 지금 당장이라도 달려간다면……!"

여기까지 말하던 알리는 모두의 분위기가 심상치 않은 걸 느끼고는 고개를 갸웃하며 물었다.

"무슨 일 있으십니까?"

부두목은 알리의 물음에 대답하는 대신, 지부장들을 둘러보며 침중한 음성으로 말했다.

"아마 돈벼락에 들이닥친 놈들도 샐러맨더 파 조직원일 게 뻔해. 우리 조직을 아예 뿌리째 거덜 내겠다는 속셈이겠지. 어쩌면 다른 지부들 역시 비슷한 상황일 거야."

"루크 이 개자식!"

"내 그 개자식의 목을 비틀어 버릴 테다."

지부장 셋은 루크의 배신에 치를 떨면서도 이 긴박한 상황에 면밀히 사태를 분석하고 조직을 챙기는 부두목의 카리스마에 감탄하지 않을 수 없었다. 세 사람은 서로 눈길을 주고받으며 의견이 일치됨을 확인하더니 부두목 앞에 무릎을 꿇으며 외쳤다.

"두목! 저희들을 이끌어 주십시오."

"충성을 다하겠습니다, 두목."

동료들의 갑작스런 행동에 멍하니 서 있던 알리와 스팅도 부두목의 눈짓에 서둘러 같이 무릎을 꿇으며 충성을 맹세했다.

자신의 예상대로 일이 흘러가자 박스터는 웃음이 터져 나오는 걸 참기가 힘들었다. 하지만 두목이 죽고 조직이 박살 날지도 모르는 상황에서 웃는 모습을 지부장들에게 보여 봐야 좋을게 전혀 없다.

박스터는 애써 웃음을 참으며 무릎을 꿇고 앉아있는 지부장들의 몸을 일일이 붙잡아 일으켜 준 뒤 부드럽게 말했다.

"자자, 어서 일어서게. 못난 내게 충성을 다짐하니 이거 참 난 감하기 짝이 없구만. 하지만 상황이 상황인 만큼 조직을 위해 내 거절하지 않겠네."

"뭘요, 두목 외에 누가 우리를 이끌 수 있겠습니까."

"루크 그 개새끼도 두목께서 계신 한, 자신에게 치례가 오지 않을 거라고 생각하고 샐러맨더 놈들에게 붙은 거겠죠. 나쁜 새끼!"

그들의 대화를 듣고 있던 알리가 스팅의 옆구리를 쿡 찌르며 낮은 목소리로 물었다.

"샐러맨더?"

"응, 루크 개새끼가 샐러맨더 놈들에게 붙었어. 조금 전에 미친개가 이끄는 돌격대와 함께 본부에 들이닥치는 걸 내가 직접 봤다니깐. 망할 놈의 새끼!"

"최악이로군. 얼마 전에 여왕벌의 둥지가 박살 났다고 하던데……. 설마, 그 새끼가 그걸 우리한테 홀랑 뒤집어 씌운 건 아니겠지?"

사건의 내막을 잘 알고 있었던 박스터의 안색이 순간 딱딱하게 굳었지만, 다행히도 다른 사람들은 전혀 눈치채지 못했다. 감히 자신들과 같은 작은 조직이 샐러맨더와 같은 대조직을 건드릴 수 있을 리 없다고 생각하고 있었으니까.

"병신 새끼! 말이 되는 소리를 해야지. 그놈이 우리가 여왕벌의 둥지를 박살 냈다고 말한들 그 누가 믿겠어? 뭔가 딴 꿍꿍이속이 있겠지. 어쩌면 홍수의 탈출로를 우리가 도와줬다고 하던가 하는 정도 말이야. 게다가 루크 그놈은 우리 조직의 사정을 속속들이 알고 있잖아."

박스터를 제외한 나머지 지부장들은 몰랐다. 알리가 무심코 한 말이 거의 진실에 근접한 것이었다는 것을.

샐러맨더 파에서 루크의 밀고를 진심으로 받아들여, 신속하게 포위작전을 전개했다면 블루썬더 파의 조직원들은 오늘 단 한 명도 빠져나가지 못하고 전멸당했을 것이다.

하지만 그런 일은 벌어지지 않았다. 왜냐하면 소매치기나 정탐에 이용되는 꼬맹이들까지 모두 다 합친다고 해 봐야 100명을 채 넘지 못하는 작은 도적집단에서 보낸 행동대원 한 명이 자신들의 정예가 지키고 있는 여왕벌의 둥지를 박살 내고, 지부장 칼릭스까지 참살해 버렸다는 걸 믿는 쪽이 오히려 제정신이 아니라고 봐야 했기 때문이다.

그럼에도 불구하고 덤프는 공격대를 이끌고 블루썬더 파의 본거지와 돈벼락 상점을 급습했다. 왜냐하면 지부장 칼릭스가 죽은 뒤 자신이 범인을 잡기 위해 얼마나 노력했는지 보여주기 위한 행동이었던 것이다.

그리고 본부에서 파견되어 나올 간부급에게 바칠 뇌물 마련에도 도움이 될 것이고…….

"녀석들의 기습을 피해 조직원들이 대피하는 데는 성공했습니다만, 이런 행운이 계속될 수 있을 거라고는 생각할 수 없습니다. 왜냐하면 배신자 루크가 샐러맨더 파에 붙은 이상 조직원들의 도피처가 들통날 확률이 높고, 게다가 조만간 병사들이 수색에 동원될 가능성도 크지 않겠습니까. 그 전에 요새 밖으로 탈출해야 한다고 저는 생각합니다."

"제 생각도 그렇습니다, 두목."

"숨어있는 조직원들에게 지금 당장 연락을 할까요?"

하지만 박스터는 고개를 가로저있다.

"아니, 그럴 필요까지는 없다. 오히려 그건 녀석들이 바라는 걸 거야. 생각을 해봐라. 우리들의 얼굴을 알고 있는 건 루크 녀석 하나뿐이야. 그 녀석과 마주치지만 않는다면 우리가 샐러맨더 파 녀석들의 코앞을 지나간다고 해도 알아채지 못할걸. 안 그래?"

"그건 그렇습니다만……."

"그러니까 녀석들은 오늘 밤, 성벽을 뛰어넘는 자들이 있는지 그것부터 중점적으로 살펴볼 거다. 그게 우리들을 일망타진할 수 있는 가장 편한 방법이니까."

두목의 말에 모두가 수긍한다는 듯 고개를 끄덕였다.

"어쨌거나 최대한 몸을 숨기고 녀석들의 동태를 살펴보도록 하자. 자, 모두들 돌아가서 부하들 단속 단단히 하도록 해라. 특히, 루크 녀석의 조직원들을 철저하게 단속해라."

"혹시 녀석들이 관리들의 협조를 얻어 시내를 뒤지기 시작하면 어떻게 합니까?"

"걱정마. 집이 한두 채도 아니고, 마을 전체를 어느 세월에 다 뒤지겠냐."

"뒤질 수도 있지. 집들을 다 뒤지지는 못하겠지만, 여관이나 뭐 그런 곳만 뒤지는 거라면 그리 어려운 일도 아니잖아. 몇 군데 되지도 않고 말이야."

박스터도 거기까지는 생각하지 못했다. 원래는 비밀리에 마련해 뒀었던 은신처를 이용해야 했겠지만, 루크 녀석이 배신한 시점에 은신처로 기어들어가는 것은 죽여 달라고 목을 들이미

는 자살행위나 마찬가지이리라.

"부하들은 지금 어디에 숨어있나?"

"저희는 여관을 잡았습니다."

"저희도……."

"일단 다리 밑쪽에 숨어있으라고 했는데……."

"할 수 없군. 각자 허름한 민가를 골라 피신해 있도록 해라. 여관에 있는 건 너무 위험해. 녀석들이 수색을 시작한다면 여관부터 뒤질 게 뻔하다."

"알겠습니다, 두목."

"두목께서는 어떻게 하시겠습니까?"

"나도 다른 곳으로 이동해야 하겠지. 일단은 몸을 숨겼다가 삼 일 후에 다시 만나자."

박스터는 지부장 셋을 각자 따로 불러 접선할 장소를 별도로 알려줬다.

"그곳에 칼로 그림을 새겨놔라. 뭘 그려도 상관이 없지만, 태양 그림은 그리지 마라. 태양은 너희들이 위험을 느낄 때 그려라. 알겠냐?"

"예, 두목."

"약속 시간은 한 시로 하자. 반드시 한 시에 그림을 그리러 나와라. 나는 멀리서 지켜보고 있다가 누군가 너를 미행하는 자가 있거나 하면 나가지 않을 테다. 알겠냐?"

"알겠습니다, 두목. 그럼 그때 뵙도록 하겠습니다."

칼로 그림을 그리는 건 각 지부장들. 각자 약속된 장소에 1시,

2시, 3시에 그림을 그리러 나오라고 해뒀다. 그리고 그는 그걸 관찰한 후 나중에 접선하기로…….

이렇게까지 하는 이유는, 서로가 서로의 위치를 알 수 없도록 하기 위해서였다. 그래야 만약에 샐러맨더 파 놈들에게 어느 하나가 포착되어 붙잡히는 한이 있더라도 일망타진 당하는 것만은 피할 수 있을 테니까.

"그러면 삼 일 후에 보자."

"몸조심하십시오, 두목. 그럼 그때 뵙겠습니다."

*　　*　　*

살아가는 데 있어 꼭 필요하다고 생각되는 가구조차 거의 놓여 있지 않은 작은 방. 어둠에 가려진 덕분에 그런대로 깨끗하게 보였지만, 벽에 가까이 얼굴을 대고 보면 벽면이 꽤 낡아있다는 것을 알 수 있다.

싸구려 여관방의 전형적인 모습을 하고 있었지만, 그래도 미약하게나마 여성의 향기가 감돌고는 있었다. 한 번씩 자신의 방을 찾아오는 두목을 위해 예쁘게 꾸미려고 노력한 흔적이다.

루산나는 침대 위에 드러누워 아직 일어나지 않고 있었다. 그렇다고 해서 잠을 자고 있는 것도 아니다. 요즘 들어 잠을 자려고 해도 도통 잠이 오지 않는다. 자려고 애써 눈을 감으면 자꾸만 그때의 모습이 머릿속에 떠올랐다. 그리고 그 망할 놈의 얼굴도…….

그날 이후로 놈이 완전히 사라져 버렸다면 어쩌면 그녀도 그때의 치욕적인 기억을 점차 잊어버릴 수 있었을지도 모른다. 하지만 어째서인지 놈은 같은 패거리로 받아들여졌고, 두목은 놈에게 뭔가 일을 시키고 있는 모양이다. 놈을 직접 본 적은 없지만, 이곳 델카에 놈이 살고 있다는 것을 안 이상 마음이 편할 수가 없었다.

"젠장! 두목은 왜 그딴 개자식을 받아들여 준 거지?"

처음에는 자신의 복수를 해주기 위해 받아들이는 척한 줄 알았다. 하지만 그날 이후 두목은 자신의 방에 찾아오지 않고 있었다. 어쩌면 잭의 그 말도 안 되는 변명을 두목이 받아들인 것인지도 모른다. 생긴 건 그래도 두목은 마음이 넓고 다정한 사람이었으니까. 물론 그건 순전히 눈에 콩깍지가 씐 루산나의 생각이었지만 말이다.

"두목 몰래 그놈을 죽여 버려?"

하지만 두목이 그걸 미리 방지하고자 한 것인지 모르겠지만, 놈의 행방을 그날 이후 도무지 알 수가 없었다. 한스도 모른다고 했고, 루크에게 물어봐도 그건 똑같았다. 두목은 놈을 어디로 보낸 것일까? 또 무슨 임무를 맡긴 것일까? 아니, 어쩌면 자신을 위해 이미 놈을 죽여 버린 뒤 시치미를 뚝 떼고 있는 건지도 모른다.

"으아아, 그냥 속 시원하게 말해주면 좋잖아. 이렇게 사람 피 말리게 하지 말고."

이때, 누군가 요란스럽게 그녀의 방문을 두드려 대는 소리기

들려왔다.

쾅쾅쾅!

"루산나! 여기 있어?"

한스의 목소리였다.

루산나는 침대에서 급히 일어나 문을 열어줬다. 자신의 등 뒤쪽을 연신 힐끗거리며 황급히 방안으로 들어오는 한스를 향해 루산나는 물었다.

"무슨 일이야?"

평소 같았으면 하늘과도 같은 두목의 애인에게 혹시라도 밉보일까 조심조심 행동했던 한스였는데, 오늘은 그렇지가 않았다. 마치 정신이라도 나간 듯 굉장히 흥분한 모습이다.

"크, 큰일 났어. 두, 두목께서 돌아가셨어."

한스의 말에 루산나는 정신을 차릴 수가 없었다. 내가 제대로 들은 건가? 두목이 죽었다니…….

"뭐? 제리코가?"

도저히 믿기지 않는다는 듯 멍하니 중얼거리는 루산나를 향해 한스가 다급히 말했다.

"일단 이곳을 벗어나야 해. 부두목께서 최대한 빨리 피신하라고 명령하셨거든."

"누가…, 누가 제리코를 죽인 거야? 설마…, 그 잭이라는 놈은 아닐 테지?"

한스는 씹어 먹을 듯 분노어린 어조로 대답했다.

"루크, 그 개새끼가 조직을 배신했어."

루크가 범인이라는 말을 루산나는 도저히 믿을 수가 없었다. 루산나가 두목과 친밀해진 이후, 루크는 그때부터 가끔씩 그녀에게 값비싼 물품들을 선물해 주곤 했었다. 당연히 루산나는 루크를 아주 좋게 보고 있었다.

"루크가? 설마……."

멍하니 고개를 가로젓고 있는 루산나를 향해 한스는 정신을 차리라는 듯 어깨를 쥐고 흔들며 큰 소리로 소리쳤다.

"설마가 아니야. 이러고 떠들 시간 없어. 빨리 준비해. 한시가 급하다고! 그놈이 샐러맨더 파 조직원들을 이끌고 우리들을 잡으러 돌아다니고 있단 말이야."

그 말에 루산나도 더 이상 딴 생각할 시간이 없다는 것을 깨달았다. 루크가 샐러맨더 파에 붙었다면, 정말 사력을 다해 몸을 숨겨야만 한다. 마을 전체에서 흘러나오는 모든 소문을 조합해 쓸 만한 정보들을 걸러내던 녀석이 바로 루크였으니까. 그만큼 조직에 대해 잘 알고 있는 자도 드물었다.

하지만 그녀는 모르고 있었다. 루크가 두목 암살에 대한 모든 죄를 홀딱 뒤집어 썼기에 그녀가 살아있을 수 있었다는 것을. 그렇지 않았다면 지금 그녀를 찾아온 사람은 부두목의 명령을 받고 그녀를 처치하러 달려온 사람이었을 것이다.

어차피 곧 죽을 놈

35

암살계의 노선배

요새도시 델카는 산맥 쪽에서 내려오는 몬스터들을 저지하기 위해 영지의 동쪽 끝단에 건설되어 있었고, 영주의 성이 위치해 있는 다란툼은 비교적 몬스터들로부터 안전하고 농작물 생산에 유리한 서쪽 끝단 가까이에 건설되어 있었다. 도보로 걸어가기에는 제법 거리가 있다고 봐야 했다.

물론, 국가 단위도 아니고 영지 안에서의 이동인 만큼 멀다고 해 봐야 부지런히 걸으면 반나절이면 목적지에 도착하기에 충분했다.

그들이 출발하고 한 20분쯤 흘렀을까? 요새도시에서 그들보다 늦게 출발한 사람들에게 따라잡혔다. 달톤 일행이 중무장을 한 탓에 걸음이 느렸다면, 그쪽은 마차로 이동하고 있었기에 속도가 훨씬 빨랐다. 말 한 필이 끄는 작은 마차였는데, 비바람을 막기 위한 포장을 둘러쳐 놨기에 그 속에 뭘 싣고 있는지는 알 수가 없었다.

달톤 일행이 마차가 지나가도록 길옆으로 비켜섰는데도 불구하고 빠른 속도로 접근해 온 마차는 앞서나가지 않았다. 힐끗 보니 마차를 몰고 있는 건 50대 후반쯤 되어 보이는 중년사내였다.

그는 여행객들이 즐겨 입는 두툼한 로브로 몸을 감싸고 있었고, 로브를 뒤로 젖혀 얼굴이 훤히 드러나도록 하고 있었기에 중년사내가 어떤 표정을 하고 있는지까지 잘 보였다.

그의 목 아래쪽으로 얇은 가죽갑옷이 튀어나와 있었다. 굳이 가죽갑옷이 살짝 보이도록 입고 있는 걸 보면, 자신이 비무장이 아님을 상대에게 과시하고 싶은 모양이었다. 즉, 저자는 겉보기와 달리 겁 많은 상인이라는 말이다.

"혹시…, 다란툼으로 가십니까?"

요새 정문을 나온 후, 산맥 쪽으로 들어가려면 북쪽으로 갈라지는 길로 올라간다. 하지만 그들이 계속 서쪽으로 걸어가는 걸 보고는 황급히 뒤쫓아 온 모양이다. 달톤은 일부러 너털웃음을 터뜨리며 대응했다.

"핫핫, 다란툼에 가지러 갈 게 있어서 말이죠."

다란툼으로 간다는 말에 중년사내는 반색하며 합류를 요청했다.

"잘 됐군요. 괜찮으시다면 함께 가도록 하죠."

정비가 잘 되어 있다고는 하나 언제 몬스터가 튀어나올지 모르는 산골이다. 그런데 완전무장을 갖춘 사냥꾼 5명과 함께 갈 수 있다면 중년사내로서는 그 이상 좋을 게 없는 것이다.

"가지러 가신다는 게 혹시 사냥도구입니까?"

"핫핫, 예. 몬스터 사냥용으로 특별 주문한 대형 쇠뇌지요. 상당한 돈을 들여 장만한 것인데, 성능이 좋으면 더 이상 바랄 게 없겠습니다."

"다란툼을 오가는 상인에게 운송을 부탁하지 않으시고……?"

"쇠뇌만이라면 그렇게 했겠지요. 그 외에도 이것저것 구입할 것도 있고, 또 거기 가서 팔아치울 것도 있고 해서 말이지요."

그러면서 달톤은 등에 지고 있던 커다란 배낭을 툭툭 쳤다.

탐색차 이리저리 얘기를 나누던 중년사내는 이들이 사냥꾼이라는 걸 확신하자마자 그제서야 깨달았다는 듯 너스레를 떨며 말했다.

"아참, 이거 얘기하느라 정신이 팔려서 모두들 무거운 짐들을 지고 가시는 걸 알아채지 못했네요. 마음 같아서는 모두들 함께 마차에 타고 가시라고 하고 싶습니다만, 보시다시피 짐이 많아서 그럴 수는 없겠고…, 들고 계신 짐이라도 마차에 싣지 않으시겠습니까?"

"아, 고맙습니다. 날도 더운데, 덕분에 살았습니다."

짐을 실으려고 마차 뒷면 포장을 걷으니, 그 안에 10대 중반쯤 되어 보이는 빨강머리 소녀가 앉아있는 게 보였다. 낡고 허름한 옷, 주근깨가 얼굴 전체에 가득한 평범한 얼굴. 어디서나 흔히 볼 수 있는 시골 소녀였다.

"이런, 아가씨가 한 명 더 있으셨군요. 미안하구나. 안 그래도 좁은데, 짐을 더 싣게 돼서 말이다."

소녀는 싹싹하게 웃으며 손을 내밀었다.

"괜찮아요. 이리 주세요."

달톤 일행은 등에 지고 있던 짐을 마차에 싣고 나니 한결 걸

기가 쉬워졌는지 걷는 속도가 빨라졌다. 라이는 처음부터 가지고 있던 짐도 없었고, 낡은 가죽갑옷 한 벌만을 입고 있었기에 별 차이가 없었지만 말이다.

"따님을 데리고 이런 시골을 떠도시다니…, 너무 위험하지 않습니까?"

대화를 주도하는 건 주먹코 사내 달톤이었다. 생긴 것과 달리 넉살이 좋고 말주변이 상당히 뛰어났다. 만난 지 얼마 지나지도 않았음에도 중년사내와 오랜 친구를 만난 듯 담소를 나누는 걸 보면 말이다. 달톤의 물음에 중년사내는 한숨을 푹 내쉬며 대답했다.

"어쩔 수 없죠. 어렸을 때 어미가 병으로 일찍 죽는 바람에 어디 맡길 곳도 없고 해서 데리고 다녔던 게 이렇게 됐습니다. 다 큰 처녀를 데리고 산길을 다니는 게 썩 좋은 건 아니라는 건 알지만, 어디 방법이 있어야지 말이죠."

"보아하니 나이가 꽤 들어 보이는데, 어떻게 아직까지 기반을 제대로 못 잡으셨소?"

"가진 재주도 없고 집안도 별 볼 일 없다 보니 별수 있습니까. 이렇게 보따리장수로 상행을 하며 벌 수 있는 돈이라고 해 봐야 뻔하니 말입니다. 그나마 끼니 거르지 않고 지금껏 살 수 있었던 것만 해도 천만다행이지요."

한동안은 서로 농담도 주고받으며 이런저런 얘기를 나눴다. 그런데, 함께 이동한 지 30분쯤 흘렀을까? 달톤이 갑자기 주머니를 뒤져 뭔가를 불쑥 꺼내며 앞으로 내밀었다.

"그런데, 이보십쇼. 혹시, 이런 거 본 적 있습니까?"

"어떤 거 말입니까?"

달톤이 주머니에서 꺼낸 건 아주 작은 물건이었는데, 그걸 자신의 손바닥 위에 올려놓고 있었기에 중년사내는 그 물건을 자세히 보기 위해 허리를 숙여 얼굴을 들이밀었다.

바로 그때였다. 방금 전까지 신이 나서 얘기를 나누고 있던 달톤이 갑자기 단검을 뽑아 중년사내의 얼굴을 쑤셔버린 것이다.

"허억!"

달톤의 예리한 단검은 중년사내의 왼쪽 관자놀이를 꿰뚫고 들어가 반대편으로 삐죽이 빠져나와 있었다. 순식간에 벌어진 이 일에 멍하니 달톤을 바라보던 중년사내의 몸이 스르르 무너지며 요란한 소리와 함께 마차 밑으로 굴러떨어졌다.

뒤늦게 아버지의 변고를 깨달은 소녀가 짐칸에서 뛰어내려 중년사내에게로 달려가 시체를 부둥켜안으며 오열했다.

"아빠, 안 돼. 죽으면 안 돼. 어서 눈을 떠봐."

울며 몸부림치는 소녀의 처지가 안타깝긴 했지만, 라이로서는 끼어들어야 할지 어떨지 망설일 수밖에 없었다. 이미 상인은 죽어 버렸고, 저 망할 녀석들에게 다란툼까지의 길 안내를 받아야 했다. 아직 쓸모가 있는 이상, 그들과 다툼을 벌여 봐야 좋을 게 없다.

라이가 인상을 찌푸리며 바라보고 있자 달톤이 소녀를 번쩍 들어 올려 옆구리에 안았다. 소녀가 발버둥을 쳤지만 달톤의 힘을 이길 수는 없었다. 달톤은 소녀를 들고 마차 뒤쪽으로 가며 동료들에게 말했다.

"흐흐, 잠시 재미 좀 보고 있을 테니까 누가 마차 좀 몰아. 그리고 마차에서 쓸 만한 것이 있나 살펴보고 말이야."

그의 말투에는 죄의식 따위는 전혀 찾아볼 수가 없었다. 늘상해 오던 짓이었기에, 그에게는 당연한 일이었던 것이리라. 그건다른 동료들 역시 마찬가지였다. 못 말리겠다는 듯 고개를 내젓는 해리슨.

"이런 발정 난 개자식! 그 애를 볼 때부터 흑심을 품고 있었구만."

"당연하지. 마차를 뺏으면 걷는 것보다 훨씬 빨리 다란툼에도착할 수 있을 거 아냐. 그리고 동시에 재미까지 볼 수 있으니얼마나 좋아."

"살살 다뤄. 사창가에 넘길 때 한 푼이라도 더 받으려면 말이야."

"걱정마. 이런 일 어디 한두 번 해 보나."

그러자 털보사내 해리슨이 투덜거리며 마부석에 앉았고, 랜은 중년사내의 시체 옆에 쭈그리고 앉아 본격적으로 뒤지기 시작했다. 돈주머니만 뺏을 줄 알았는데, 가죽갑옷은 물론이고 낡은 옷가지까지 다 벗기고 있었다.

달톤이 왜 중년사내의 관자놀이를 찔러 죽인 것인지, 라이는그제서야 이해할 수 있었다. 벗겨낸 중년사내의 옷에는 단 한방울도 피가 묻어있지 않았던 것이다.

이때 짜증스럽다는 듯 이 모습을 지켜보고 있던 피터가 으르렁거렸다.

"우리가 뭐하려고 다란툼에 가는 건지 벌써 잊어버렸어? 쓸데없는 분쟁에 휘말리지 않도록 조심에 조심을 거듭해도 시원찮을 판에 사건을 만들어, 사건을! 만약 정기적으로 다란툼과 요새를 오가던 상인이었다면, 이 마차를 알아볼 사람이 수두룩할 게 뻔하잖아!"

"아 씨발, 걱정도 팔자네. 다란툼 근처에 가면 헐값이라도 마차는 처분해 버릴 테니까 그만 찡얼거려. 내가 다 알아서 할게. 어쨌거나 나는 재미 좀 보고 있을 테니까, 가자고!"

달톤은 반항하는 소녀를 어거지로 짐칸에 밀어 넣고, 그 자신도 안으로 들어가려고 했다. 그 뒤에 어떤 일이 벌어질지 뻔히 알고 있는 라이로서는 이제 더 이상 참을 수가 없었다. 지금껏 이렇게 제대로 된 산적 패거리와 어울린 것은 처음이었기에 마음속 깊은 곳에서 끓어오르는 분노를 도저히 억제할 수가 없었던 것이다.

"…, 야 이 개자식아, 지금 이게 사람이 할 짓이냐?"

그 소리에 짐칸 위로 올라가려던 달톤의 몸이 흠칫 굳었다.

달톤은 천천히 뒤로 고개를 돌려 라이를 노려보며 이죽거렸다.

"내가 뭘 잘못들은 건가? 방금 개소리가 들린 것 같은데. 설마 네놈이 나에게 뭐라고 한 소리는 아니겠지?"

"생긴 대로 논다더니, 너 같은 놈을 두고 한 말인 듯싶다. 썩어빠진 새끼."

라이의 반응에 달톤은 히죽 웃으며 천천히 몸을 돌렸다. 행동

하나하나가 여유만만했다. 자신의 실력을 절대적으로 믿는 자들이나 할 수 있는 여유로운 움직임.

"오호, 이 애송이 새끼가 부두목 믿고 까부는 모양인데. 그런 거라면 번지수를 잘못 짚었어, 새꺄."

이미 얼굴이 붉게 달아오른 달톤의 모습에 피터는 인상을 일그러뜨리며 앞으로 나섰다.

"이봐, 일 크게 만들지 마. 나중에 부두목에게 뭐라고 변명하려고 그래?"

"빌어먹을, 이런 애송이 하나조차 어쩌지 못할 내가 아냐! 몬스터한테 죽었다고 둘러대면 부두목도 뭐라 못할 거야."

달톤은 라이에게로 시선을 돌리며 으르렁거렸다. 목소리는 아주 낮았지만, 무시무시한 살기를 내포하고 있었다.

"이런 개새끼! 부두목을 믿고 감히 까부는 모양인데, 그 뻣뻣한 모가지를 내가 비틀어주마."

그러자 당혹스런 표정으로 피터가 다급히 말했다.

"뭐 하고 있어? 지금 당장 용서를 빌어."

그러자 라이는 콧방귀를 뀌며 대꾸했다.

"흥! 용서? 너희들이 빌어야지. 만약 용서를 구한다면 임무 때문이라도 이번만큼은 내 특별히 넘어가 주도록 하지."

"이런 미친 새끼가!"

분노를 참지 못하고 검을 뽑아드는 달톤. 하지만 검을 휘두르기에 앞서 슬쩍 피터의 눈치를 살폈다.

애송이는 부두목하고 연결되어 있다. 이런 상황에서 손을 쓴

다면 적당히 넘어가기는 힘들었다. 손을 써야 한다면 아예 죽여 없애는 게 후환이 없다. 어차피 죽은 놈은 말이 없고, 몬스터에게 죽었다는 둥 적당히 둘러대면 부두목 역시 중간보스인 자신들에게 뭐라 추궁하지도 못할 테니까.

한동안 그런 달톤의 모습을 지켜보던 피터는 한숨을 푹 내쉬더니 살짝 고개를 끄덕였다. 허락의 표시였다. 랜이 중년사내의 옷을 벗기다 말고 뒤쪽을 바라보고 있는 것을 본 털보 해리슨이 짜증스런 어조로 소리쳤다. 마부석에 앉아 있다 보니 뒤쪽에서 무슨 일이 벌어지고 있는지 그는 전혀 모르고 있었던 것이다.

"뭐 하고 있어? 빨리 안 벗기고……."

랜은 대답 대신 턱짓으로 뒤쪽을 가리켰다. 그걸 본 털보 해리슨은 상체를 쭉 내밀어 뒤쪽을 바라봤지만, 마차의 포장에 가려 잘 보이지가 않았다. 해리슨은 마차에서 내리며 답답하다는 듯 투덜거렸다.

"턱짓만 하지 말고 말을 해, 말을! 준비 다 끝난 거야? 아니면 뭐야?"

마차에서 내린 해리슨은 뒤로 몇 걸음 채 옮기지 않았음에도 달톤과 대치하고 있는 애송이의 모습을 볼 수 있었다. 애송이의 표정은 여유로웠지만 달톤은 그렇지가 못했다. 붉게 달아오른 얼굴에 비릿한 미소를 짓고 있는 걸 보면 살심(殺心)이 극에 달해 있다는 것을 알 수 있었다.

해리슨은 당혹스런 표정으로 달톤과 잭을 가리키며 피터에게 물었다.

"왜 저러는 거야?"

해리슨의 물음에 피터는 어깨를 으쓱거리며 대답했다.

"뭐…, 알 필요가 있을까? 어차피 곧 죽을 놈인데……."

"미쳤어? 부두목이 직접 임무를 주며 부탁한 일이잖아!"

당황해서 대꾸하는 해리슨에게 피터는 마치 남의 일이기라도 하다는 듯 무미건조한 어조로 말했다.

"이젠 나도 몰라, 씨발. 달톤이 알아서 하겠지."

피터와 말이 통하지 않자 해리슨은 검을 뽑아들고 살기를 뿜어내고 있는 달톤에게 외쳤다.

"야, 이 개새꺄! 너 미쳤냐? 왜 자꾸 사고를 치는 건데? 그리고 쟤를 죽여서 뭐하려고? 부두목에게 뭐라 변명을 할 거냐고!"

달톤은 살기에 가득 찬 눈빛을 해리슨에게 보내며 이죽거렸다.

"씨발, 잔소리 진짜 많네. 새꺄, 쫄리면 가만히 있어. 내가 알아서 처리할 테니까. 어쭈, 이 새끼 봐라? 엎드려 빌어도 시원찮을 판에…, 실실 쪼개고 있어? 간뎅이가 아주 부어 터졌구만."

달톤이 시퍼런 장검을 뽑아들고 노발대발하고 있는데도 불구하고 라이는 여유만만했다. 될 수 있으면 이들과 충돌을 일으키고 싶지는 않았지만, 이렇게까지 나온다면 꼬리를 말고 뒤로 빠질 생각은 없었다.

지금껏 타인과 다툼을 벌이는 것을 그다지 좋아하지 않았던 라이였지만, 방금 전 달톤이 보인 인면수심과도 같은 행위에 분노가 머리끝까지 치솟아 있었던 것이다.

"빌어야 할 놈은 내가 아니라 네놈 같은데?"

느긋한 표정으로 천천히 검을 뽑으며 말하는 라이의 모습이 달톤의 성질을 더욱 건드린 모양이다.

"이 새끼가 곱게 죽여주려 했더니 아주 매를 버는구만. 오냐, 그 잘난 혓바닥도 함께 뽑아주마. 물론, 살아있는 채로 말이야. 크흐흐홋……."

달톤이 어떻게 최대한 잔인하게 죽일 것인지를 머릿속으로 그리고 있을 때, 라이는 전혀 다른 생각을 하고 있었다.

꿈속에서 본 검법의 뼈대를 이루고 있는 건 36가지 초식(劍形)이었다. 그리고 그걸 약간씩 변형한 게 각 초식 당 4가지씩 있었다. 즉, 꿈속의 검법은 총 144개씩이나 되는 초식으로 이뤄진 검법이었던 것이다.

물론, 꿈속의 검법을 겨우 흉내 내기 시작한 라이가 그 모든 초식을 제대로 구사할 수 있을 리가 없다. 그가 기억하고, 또 여왕벌의 둥지에서 연습(?)이나마 해 볼 수 있었던 건 고작 4개밖에 되지 않았으니까.

'그때 아랫배에서 느껴지는 뜨거운 기운을 이렇게 움직이면서 그와 동시에 검을 이렇게 움직였지?

실수하지 않도록 계속 당시의 상황을 떠올리며 되뇌이고 있는 라이. 검을 움직일 때, 거기에 맞춰 몸속의 기운도 함께 움직여야 제대로 된 위력이 터져 나온다. 그 파괴력의 차이는, 라이 자신조차도 그 검식을 자신이 발현했다는 게 믿겨지지 않을 정도로 무시무시했다. 무기나 갑주는 물론이고, 벽이나 기둥조차도 터져 나가 버릴 정도였으니…….

꿈속의 여인이 했던 걸 따라 하는 것만으로도 급급한 상황이었기에, 달톤의 움직임 따위는 전혀 신경 쓸 겨를조차 없었다.

지금 상념에 잠겨있는 라이의 빈틈을 치고 들어오기만 하면 끝장이 나는 상황이었지만, 다행히도 싸움이라곤 무기를 휘두르는 것밖에 모르는 달톤이었기에 라이에게 그런 빈틈이 있는지조차 알지 못했다. 그저 라이에게 겁을 주기 위해 쉴 틈도 없이 주둥아리를 놀리기 바빴다. 어떻게 보면 달톤이 허접했기에 주어지고 있는 연습기회라고 봐야 했다.

달톤이 공격을 개시한 순간, 라이도 검식의 전개를 시작했다.

그가 쓴 것은 꿈속 검술의 첫 번째 초식이었다.

라이의 검은 기괴한 각도로 움직이며 달톤의 검을 쳐내는 것으로 만족하지 않고, 곧바로 상대의 몸을 휘저어 버렸다. 옆에서 있던 피터와 해리슨의 눈에는 라이의 검이 뽑힘과 동시에 붉은 빛줄기가 무시무시한 기세로 터져 나오는 것 정도만 보였을 뿐이다.

그리고 그와 동시에 산적질을 오랫동안 해온 그들조차도 단 한 번도 보지 못한 처참한 광경이 펼쳐졌다. 방금 전까지 살아있던 달톤이 수십 토막으로 잘린 채 검압에 뒤로 튕겨 날아가 마차 뒷면에 시뻘건 혈흔을 만들며 아래로 후두둑 떨어져 내렸던 것이다. 그것도 그가 입고 있던 갑주와 함께.

몬스터의 일격조차도 막아내던 철판으로 보강된 든든한 갑주가 마치 썩은 무처럼 토막토막 잘려 있는 광경은 두 사람의 눈을 의심케 했다. 이게 지금 현실인가? 혹시 꿈을 꾸고 있는 게 아니고?

그들은 입만 쩍 벌렸을 뿐, 비명조차 지르지 못했다. 너무나도 비현실적이었기 때문이다. 서로 얼굴만 멀뚱히 마주보다 다시금 수십 토막의 고깃조각으로 변해 버린, 한때 동료였던 자의 사체 쪽으로 시선을 돌렸다. 그리고 그들의 눈은 자신들의 동료를 이 모양으로 만든 젊은 애송이를 향해 천천히 움직였다.

직접 자신들의 두 눈으로 똑똑히 봤음에도 그들은 믿을 수가 없었다. 저 애송이 녀석이 이토록 잔인하고 흉악스런 짓을 한 당사자라는 것을. 어느새 두 사람의 눈에는 잭이라는 녀석이 처음 뒷골목에 발을 내디딘 애송이가 아닌, 악마처럼 보이고 있었다. 더군다나 잭이 들고 있는 롱 소드에는 놀랍게도 피 한 방울조차 묻어 있지 않았다.

꿀꺽!

기가 질려버린 두 사람은 동료를 죽인 잭에게 분노를 일으킬 엄두조차 내지 못하고 그저 그의 눈치만 살피고 있었다. 이 순간, 그들은 자신들이 대 몬스터용의 중무장을 하고 있다는 것조차 인식하지 못하고 있었다.

두 사람이 그런 것처럼, 작금의 사태에 얼이 빠져있는 건 그들만이 아니었다. 라이 또한 경악해 있기는 마찬가지였다.

여왕벌의 둥지에서 살육극을 벌였을 때, 라이는 자신의 검술이 이토록 처참한 결과물을 만든다는 것을 미처 느끼지도 못했다. 처음 얼마간은 주위의 적들을 보고 검을 휘둘렀지만, 점차 마음의 안정을 찾아가면서 검술의 발현에만 집중했었기 때문이다.

스승에게 자세한 강의를 들은 것도 아니었지만, 라이는 검술의 극히 세밀한 부분까지도 하나하나 기억하고 있는 자신에게 놀라지 않을 수 없었다.

검을 휘두르는 방법만이 아니었다. 검을 휘두르는 그 순간, 몸속의 기운을 어떻게 움직여야 하는 것까지도 마치 눈앞에 그린 것처럼 선명하게 떠올랐다. 물론 알고 있는 것과 눈에 보이지도 않는 기운을 직접 움직이는 것은 완전히 다른 얘기였지만 말이다.

검을 움직이고, 그에 따라 몸속에 있는 무형의 기운을 움직이고……. 검술을 펼치는 것만으로도 버거웠던 라이는 자신이 펼친 검술로 인해 주변이 어떻게 붕괴되었는지에 대해서는 전혀 파악도 하지 못했었다. 모든 게 끝났을 때는 횃불이고 뭐고 다 꺼져버려 지하실 전체가 짙은 암흑의 공간이 되어 있었으니까. 유일하게 그가 느낄 수 있었던 것은 짙은 피비린내뿐이었다.

"꿀꺽……."

하지만 이렇게 정신줄을 놓고 있을 때가 아니라는 생각이 번쩍 들었다. 눈앞에 중간보스 두 명이 서 있는 것이다. 자신이 어떻게 대처하느냐에 따라 저들까지 죽여야만 할지도 모른다.

라이는 부두목이 자신에게 붙여준 사람들을 더 이상 죽이고 싶지 않았다. 그렇기에 그는 배에 힘을 꽉 주고, 방금 전의 살인이 마치 별것도 아니라는 듯 퉁명스럽게 물었다.

"네놈들도…, 내게 덤빌 건가?"

라이의 느긋한 목소리에 피터와 해리슨은 기가 죽을 수밖에 없었다. 그리고 그다음 이어진 라이의 중얼거리는 듯한 혼잣말에 죽음에 대한 공포로 몸이 벌벌 떨림을 느껴야만 했다.

"하긴 다란툼까지의 안내라고 해 봐야, 한 놈만 살아 있어도 충분하겠지……."

그 순간 피터와 해리슨은 양손을 번쩍 치켜든 뒤 연신 고개까지 흔들며 싸울 의사가 없다는 뜻을 분명하게 알렸다.

"덤비다뇨. 무슨 그런 당치도 않은 말씀을……."

"귀하와 싸울 의사 따윈 절대로 없습니다. 정말입니다. 믿어주십쇼."

"내가 네놈들의 동료를 죽였는데도?"

이때, 피투성이 휘장이 옆으로 젖혀지며 주근깨 소녀가 모습을 드러냈다. 손에는 작은 칼을 꽉 움켜쥐고 있었다. 아마 마차 안에 내던져진 직후 칼을 찾아들고 달톤이 들어오기를 기다리고 있었던 모양이다. 자신을 욕보이려면 어쩔 수 없이 갑옷을 벗을 수밖에 없을 테고, 기회를 봐서 기습을 한다면 어쩌면 아빠의 원수를 갚을 수 있을지도 모르니까.

하지만 아무리 기다려도 달톤은 마차 안으로 들어오지 않았다. 이때, 밖에서 들려온 말이 '내가 네놈들의 동료를 죽였는데도?' 하는 것이었다.

도저히 궁금증을 참을 수 없었던 소녀는 뒷면 휘장을 살짝 열고 바깥의 동정을 살폈다. 그녀의 눈에 띈 것은 칼을 들고 산적 같은 어른들을 막아서고 있는 청년의 뒷모습이었다.

두터운 갑주로 중무장하고 있는 어른들에 비해 청년은 얄팍

한 가죽갑옷만 착용하고 있었기에 훨씬 왜소해 보였다. 그리고 그가 뽑아들고 있는 길고 얇은 검. 어른들이 가지고 있는 우직스런 무장과 비교한다면 너무나도 형편없게만 보였다. 하지만 청년을 바라보고 있는 중년사내들의 얼굴은 새파랗게 질려 있었다.

'대체 왜 저러지?'

그 순간, 소녀는 그녀 주위에서 풍기는 짙은 피비린내를 느낄 수가 있었다.

"흡!"

코를 막고 주위를 둘러본 소녀는 그제서야 자신이 잡고 있던 마차의 휘장 바깥 부분이 온통 피와 자잘한 살점으로 뒤범벅이 되어 있음을 깨달았다.

"이…, 이게 도대체……?"

그다음 순간 그녀는 볼 수 있었다. 마차 아래쪽에 흩어져 있는 사람의 시체라고는 감히 상상조차 할 수 없을 정도로 참혹한 형상의 고깃덩이들을.

"꺅!!"

그와 동시에 그녀는 기절해 버렸다. 마차 안에서 소녀가 풀썩 쓰러졌지만, 라이 외에 그 누구도 눈치챈 사람은 없었다. 피터와 해리슨은 완전히 전의를 상실하고 있었다. 아니, 전의를 상실한 정도가 아니었다. 만약 라이가 명령했다면, 아마 그의 발바닥이라도 기꺼이 핥았으리라. 그만큼 그들은 절대적인 공포에 질려 있었다.

방금 전에는 옆에서 두 눈 뻔히 뜨고 지켜봤음에도 불구하고 그들은 달톤이 어떻게 죽었는지 알아보지도 못했다. 검술인지, 아니면 뭔가 마법을 부린 것인지……. 어쩌면 마법일지도 모른다고 생각했다. 검의 궤적이 붉은빛이 난다는 얘기는 들어본 적도 없었으니까.

　하지만 한 가지만은 확실했다. 저 젊은 애송이가 달톤처럼 자신들도 저렇게 피떡으로 만들어 버릴 만큼 엄청난 능력을 지니고 있다는 것을.

　"다, 당신은 대체 누, 누구십니까?"

　겉모습은 애송이였지만 상대의 놀라운 실력을 본 이상, 피터는 급히 말투를 수정했다. 라이가 마음먹기에 따라 자신들의 목숨이 왔다 갔다 한다는 것을 하이에나처럼 살아온 그들은 잘 아는 것이다.

　"여기 올 때 말했을 텐데? 정 알고 싶으면 부두목에게 물어보라고 말이야."

　라이의 차가운 대꾸에 피터는 찔끔했다.

　"아…, 알겠습니다."

　"쓸데없는 생각하지 말고, 너희는 나를 다란툼 지부까지만 안내해 주면 돼. 최대한 빨리."

　"다, 당연히 안내해 드려야죠. 지금 바로 출발할까요?"

　소녀가 눈을 떴을 때는 마차는 흔들거리며 천천히 앞으로 가고 있었다.

따각, 따각…….

어렸을 때부터 오랜 시간 마차를 집 삼아 살아온 그녀에게 규칙적으로 들려오는 말발굽 소리는 자장가와도 같은 푸근함을 안겨줬다. 잠결에 그녀는 아빠의 등을 찾았다. 하지만 마부석에 앉아있는 건 아빠가 아니었다. 커다랗고 낯선 등판. 폭력적인 느낌이 물씬 풍기는 금속성의 갑옷. 그와 동시에 그녀의 뇌리에는 아빠가 살해당하던 모습이 생생하게 떠올랐다.

"꺄아아악!"

그 순간, 마차의 뒷면 휘장이 젖혀지며 낯선 얼굴이 모습을 드러냈다.

"일어났냐?"

손에 잡히는 대로 뭔가를 붙잡아 상대에게 집어 던지려던 소녀의 손이 일순 멈칫거렸다. 기절하기 직전의 광경이 떠올랐기 때문이다. 자신의 기억이 옳다면, 저 사내는 절대로 건드려서는 안 될 사람이었다. 아빠를 살해했던 덩치 큰 사내를 마치 잘 다져놓은 고깃덩이로 만들어 놓은 악마…….

"히익!! 딸꾹! 딸꾹! 딸꾹!"

새파랗게 질린 채 연신 딸꾹질을 해대고 있는 빨강머리 소녀를 향해 라이는 억지 미소를 지어 보였다. 저토록 겁에 질린 애를 어떻게 달래줘야 할까? 안 그래도 말주변이 없는데, 더군다나 여자애를 달래줘야 한다고 생각하니 난감하기 짝이 없었다.

라이는 빨강머리 소녀가 알아듣든지 말든지 생각나는 대로 떠들었다.

"네 아빠의 원수는 내가 갚았다. 그리고 너를 해칠 생각은 조금도 없으니 마음 푹 놓아도 괜찮아. 잠시…, 아주 잠시만 너를 구속할 거야. 네가 딴 데 가서 쓸데없는 소리라도 늘어놓으면 내가 해야 하는 일에 방해를 받게 되기에……. 어쩔 수가 없구나. 이해해다오."

"……."

상대의 대답을 원했던 것은 아니었기에 라이는 그 말을 끝으로 마차 밖으로 나갔다. 더 이상 할 얘기도 없었고. 하지만 라이는 빨강머리 소녀가 아빠를 잃은 슬픔에 연신 훌쩍거리면서도 마차 휘장 사이로 자신을 몰래 훔쳐보고 있는 줄은 전혀 몰랐다. 그는 소녀 따위보다는 무장을 갖추고 있는 조장들의 행동에 더욱 신경이 쓰였기 때문이다.

그 후 2시간 정도를 이동하면서 일행 중 그 누구도 입을 여는 사람은 없었다. 한동안 슬피 울던 소녀는 어느 정도 마음이 진정되자 휘장 틈 사이로 마차 뒤를 따라 걷고 있는 청년을 몰래 훔쳐봤다. 아직 스무 살도 되지 않은 듯한 앳된 외모였다. 그리고 그가 걸치고 있는 옷가지 또한 낡아빠진 싸구려들이다.

하지만 그의 겉모습만이 모든 게 아님을 증명이라도 하듯, 청년의 뒤쪽에서 멀찍이 떨어져 따라오고 있는 중년사내 둘은 연신 청년의 눈치를 살피고 있었다. 오랜 세월 아버지를 따라다니며 상행위로 단련된 그녀의 감각은 저 중년사내들이 청년을 향해 무한한 공포를 느끼고 있음을 민감하게 느끼고 있었다. 그녀

자신처럼⋯⋯.

소녀는 저 청년이 누구인지 궁금하지 않을 수 없었다.

처음에는 아버지를 죽인 남자를 포함, 다른 남자들과 한패라고 생각했었다. 하지만 지금 보니 저들은 절대로 한패가 아니었다. 한패라면 저렇듯 경외와 공포를 담아 청년의 눈치를 살피고 있지 않을 테니까.

산적 놈들을 깡그리 잡아주시길

35

암살계의 노선배

이때, 마부석에 앉아 말을 몰던 사내가 다급한 목소리로 소리 쳤다.

"전방에 기마 다섯 기 출현!"

시야가 좋은 마부석의 높은 위치에 앉아있었기에 그가 다만 몇 초라도 다른 사람들보다 빨리 기마대를 발견한 것이다. 그러 자 뒤쪽에서 따라오던 중년사내 둘이 황급히 달려와 마차 옆으 로 다가왔다.

"순찰대냐?"

그러자 랜이라고 불린 사내가 동료들을 향해 빠른 어조로 대 답했다.

"아니, 깃발을 들고 있지 않은 걸 보면 순찰대는 아닌 것 같 아."

"설마…, 우리와 같은 동종업계 놈들인가?"

그러자 랜은 말도 안 된다는 듯 콧방귀를 뀌며 이죽거렸다.

"어지간히 멍청한 놈들이 아니고서야 이런 대로에서 영업할 놈들이 어디에 있겠냐. 산맥 쪽에서 밀수업자들 터는 게 가장 쉽고, 벌이도 좋은데 말이지."

"맞아. 이 도로는 병사들이 순찰도 자주 돌잖아."

"그건 그렇지."

소녀는 마차 앞쪽으로 살금살금 걸어가 랜이라 불린 사내의 뒤에 바짝 다가앉아 마부석 사이로 바깥의 동정을 살폈다. 두려움이 짙게 배 있는 눈동자. 청년의 뜻하지 않은 도움 덕분에 겨우 위기를 모면하는가 싶었는데, 또다시 미지의 공포가 다가오고 있었다.

하지만 아직까지는 그녀의 두 눈에 절망감은 떠오르지 않고 있었다. 이유는 모르겠지만 청년이 보여줬던 그 놀라운 실력을 자신도 모르게 믿고 의지하고 있었기에.

조금 시간이 지나 서로 간의 거리가 가까워지자, 상대방의 모습을 자세히 살펴볼 수 있었다. 모두들 후드가 달린 두터운 로브로 몸을 감싸고 있는 탓에 겉으로 드러난 부분은 극히 드물었지만, 로브 밑으로 뻗어 나와 있는 가죽부츠라든지 철판갑옷이 상당히 고급품이라는 건 한눈에 알 수가 있었다. 그리고 안장에 매어져 있는 고풍스런 문양이 아로새겨져 있는 멋진 방패도 흔히 볼 수 있는 물건이 아니었다.

그 모습을 뚫어져라 바라보던 랜이 고개를 갸웃하며 중얼거렸다.

"모험가들이 이런 시골구석에는 웬일이래?"

"모르지. 어쩌면 산맥을 넘어 국경을 몰래 통과하려고 하는 건지도……."

두 사람이 수군거리고 있는 와중에도 서로의 거리는 급격히 좁혀졌다. 그런데 그냥 지나쳐서 가 버릴 줄 알았던 그들이 30여 미터쯤 거리가 되자 갑자기 속도를 줄이는 게 아닌가. 세 명은 그 자리에 멈춰 서서 지켜보고, 두 명만 가깝게 다가온다. 철판갑옷으로 중무장한 사내와 가죽갑옷을 입은 사내였다. 그리고 남아있는 세 명 중 하나가 등에서 활을 벗겨 들고는 화살을 장전하는 것도 보였다.

　뒤에 화력지원 일행을 남겨둔 채 오는 걸 보면 결코 좋은 뜻이 있어서 다가오는 게 아니라는 건 확실했다. 곧바로 상대방의 의중을 눈치챈 중간보스들은 바짝 긴장했다.

　"젠장! 이리로 다가오는데…, 어떻게 하지?"

　말주변 좋은 달톤이라도 살아 있었다면 어떻게든지 둘러대이 위기를 모면할 수 있었을지도 모르겠지만, 아쉽게도 그는 이미 이 세상 사람이 아니었다.

　그렇다고 사태가 아주 절망적인 것만은 아니었다. 저 멀리 뒤에서 이쪽을 바라보고 있는 모험가 세 명의 모습이 전투태세가아닌, 그저 심드렁한 느낌이 강했기 때문이다.

　게다가 화살도 장전만 하고 있을 뿐, 이쪽을 겨누고 있는 것도 아니었다. 싸울 의사가 없는 것일 수도 있고, 아예 이쪽 따위는 안중에도 두지 않고 있는지도 모른다. 하지만 조장들은 그 덕분에 최악의 상황까지는 가정하지 않고 있었다. 만약 저들이 방심하고 있다면, 잭 혼자서도 저들을 어떻게든 해치울 수 있을 것만 같았기 때문이다.

"워워……."

마차와 3미터쯤 떨어진 곳에서 말을 멈추는 철판갑옷의 모험가. 후드가 드리운 짙은 그늘로 인해 얼굴 표정을 제대로 알아볼 수가 없었다. 적의를 지닌 것인지, 그렇지 않은 것인지……. 하지만 한 가지만은 확실했다. 이쪽을 아주 얕잡아 보고 있다는 것. 그는 말에서 내리지도 않은 채 중간보스들을 내려다보며 말을 걸었다.

"다란툼으로 가는 행상인가?"

"그렇소."

"당신들 넷뿐인가? 이런 시골길을 가기에는 숫자가 너무 적군."

"흐흐, 떠돌이 오크 몇 마리쯤은 우리끼리두 간단히 없애버릴 수 있소. 그 정도도 못해서야 어떻게 변방을 떠돌며 행상을 할 수 있겠소."

철판갑옷 사내가 말을 걸고 있는 사이, 가죽갑옷 사내는 말을 몰아 마차 주변을 한 바퀴 빙 돌며 살펴본다. 이제 확실했다. 저들은 뭔가 이유가 있어서 접근해 온 모양이다.

이때, 마차 뒷면에 이른 가죽갑옷 사내가 갑자기 싸늘한 어조로 외쳤다.

"어! 이건 핏자국이잖아. 뒤쪽 휘장에 왜 이런 게 묻어 있는 거지?"

"핏자국이라고?"

철판갑옷 사내도 천천히 말을 몰아 마차 뒤쪽으로 갔다. 마차 뒷면 휘장에 나 있는 검붉은 핏자국. 그리고 그 핏자국은 휘장 아래로 흘러내려 마차 뒷면까지 흠뻑 적시고 있었다. 하지만 그걸 보면서도 그들이 연신 고개를 갸웃거린 이유는 어떻게 해서 저런 핏자국이 생긴 것인지 도무지 짐작을 할 수 없었기 때문이었다.

넓게 퍼져 있는 핏자국의 크기만 봐도 이건 한두 명 죽여서 피범벅을 해서는 절대 만들어질 수가 없는 면적이다. 한 명을 아주 곤죽을 만들어 피를 흩뿌렸다면 모를까.

"이 핏자국은 뭐요?"

철판갑옷 사내의 말투가 갑자기 싸늘해진 것으로 보아 대답 여하에 따라 칼부림이라도 불사하겠다는 듯 느껴진다. 서로의 눈치만 살피는 조장들. 아무도 나서려고 하지 않자 털보 해리슨이 마지못해 앞으로 나섰다.

"동료가 죽으면서 남긴 핏자국이오. 오크 다섯 마리가 한꺼번에 습격을 해왔었거든."

오크에게 죽음을 당하는 건 산골을 다니는 작은 상인이라면 수시로 겪는 일이었다. 하지만 마차 뒷면에 저렇게 커다란 핏자국을 남기려면 어떤 방식으로 죽음을 당해야 하는 걸까? 하지만 그렇다고 해서 이들을 범인으로 단정할 수도 없었다. 왜냐하면 사람을 죽이는 데 있어서 이런 형태의 핏자국을 남기는 상황에 대해서는 생각하기가 힘들었기 때문이다.

그런데 문제는 동료가 저렇듯 처참한 흔적을 남기며 죽었을 정도로 치열한 격전을 치렀던 것 치고는 다른 사람들의 행색이 너무 멀쩡하다는 데 있었다. 흡사, 이들이 동료를 기습해서 죽여, 그 피를 마차 뒷면에 흩뿌리기라도 한 것처럼…….

"동료가 이렇게 처참하게 죽을 정도라면 다른 사람들도 비슷해야 정상일 텐데. 뭔가 수상쩍은데?"

중얼거리던 가죽갑옷 사내는 말을 마차 쪽으로 천천히 몰아 바짝 붙더니 휘장을 휙 들췄다. 마치 마차 안에 범죄의 흔적이라도 감춰져 있을 걸 내심 기대한 행동이었지만, 이번만큼은 그도 예상하지 못한 장면이 그를 기다리고 있었다. 남루한 소녀하나가 작은 단검을 든 채 부들부들 떨며 앉아 있었던 것이다. 그녀가 적의를 드러내고 있는 대상은 분명했다.

"어?"

가죽갑옷의 사내는 김이 팍 샜다는 듯 기운 빠진 어조로 소녀에게 말했다.

"미안하구나, 얘야. 널 놀라게 할 생각은 없었단다."

그는 휘장을 내리며 철판갑옷 사내에게 소리쳤다.

"이 사람들은 상인들이 맞는 것 같아."

만약 이들이 산적들이고, 소녀의 아버지를 살해한 뒤 마차를 강탈한 것이었다면 저 소녀를 묶어놓지도 않고 마차 뒤에 실어놨을 리가 없다. 그리고 그녀가 칼을 겨눈 채 적의를 가지고 이쪽을 노려보고 있을 리도 없고. 그랬다면 자신을 보자마자 '사람 살려! 도와주세요!' 하고 외쳐댔을 것이다.

"젠장, 척 보니 인상들이 산적 같아서 내심 기대했었는데……."

투덜거리던 철판갑옷 사내는 해리슨을 바라보며 입을 열었다. 적의가 빠져나간 그의 말투는 많이 부드러워져 있었다.

"최근 이 근방에 산적들이 많이 출몰한다고 해서 잠깐 살펴본 것뿐이니, 너무 불쾌하게 생각하진 말아 줬으면 좋겠소. 그런데 오크들의 습격은 어디에서 당했소?"

"델카를 벗어난 후 한 시간쯤 이동했을 때였소."

긴장감을 애써 억누른 해리슨은 식사를 준비하는 도중에 자신들이 어떻게 오크들의 습격을 받았는지에 대해서 설명했다. 음식 재료를 꺼내려 마차 뒤로 갔던 동료가 가장 먼저 죽임을 당했고, 그 과정에서 저런 핏자국이 생기게 된 것이라고 말이다.

당시 습격해 온 오크의 숫자는 모두 다섯. 오크들의 무기라고 해봐야 몽둥이 정도였기에, 완전무장을 갖춘 자신들이 해치우는 건 그리 어려운 일이 아니었다고 말이다.

"허, 동료분이 죽으신 거는 정말 안타깝게 생각하오. 그런데 도대체 오크들에게 어떻게 죽음을 당하셨기에 저런 참혹한 자국이 남은 것인지……?"

곧이곧대로 대답할 수도 없었기에 당황한 해리슨은 대충 둘러댔다.

"그건 우리들도 잘 모르겠소. 우리가 오크들의 존재를 눈치챘을 때는 이미 동료가 토막이 난 채 죽어있었고, 저런 핏자국이 나 있는 상태였으니 말이오."

"토막이 나서 죽었다고?"

"그렇소. 어쩌면 가져가서 먹으려고 그랬던 건지도 모르지요.

산맥으로 들어가면 수십, 아니 수백이 넘는 오크 떼를 볼 수 있겠지만 이런 데서 만날 수 있는 건 기껏해야 열을 넘기지 않소. 그리고 체력도 별로 좋지 못하지. 무리에서 쫓겨난 탓에 여기까지 밀려 들어온 떠돌이 오크들이거든."

"흐음…, 그럴 수도 있겠군."

얘기를 오래 해 봤자 좋을 게 없다는 걸 아는 해리슨은 슬쩍 주제를 바꿨다.

"도적이나 산적 놈들을 잡으려면 이런 도로보다는 산맥 쪽을 뒤지는 게 좋을 거외다. 밀수꾼들을 털어먹으려는 자들로 득실거린다고 들었으니 말이오."

"우리도 그렇게 들었소. 그 때문에 산맥 쪽으로 가고 있는 길이지요. 델카에 자리를 잡고, 본격적으로 산적 사냥을 해 보려고요."

가죽갑옷의 사내는 '산적 사냥'이라는 단어에 일부러 힘을 주며 해리슨 일행의 안색을 은근슬쩍 살펴봤다. 이쪽의 반응을 살펴보기 위해 일부러 그런 말을 꺼낸 게 뻔하다는 것을 산전수전 다 겪은 중간보스들이 모를 리 없다.

"이미 다 알아보고 오신 모양이군요. 하지만 지금 델카에 가 봐야 좋을 게 없을 텐데……."

중얼거리는 듯 말끝을 끝내며 가죽갑옷 사내의 호기심을 동하게 한 뒤, 해리슨은 짐짓 걱정스럽다는 말투로 물었다.

"혹시, 영주님이나 아니면 관청에서 발행한 통행 증명서 같은 거라도 가지고 계시오?"

해리슨의 말투에 뭔가 찝찝함을 느낀 듯 가죽갑옷의 사내가 황급히 반문해 왔다.

"그건 왜 묻소?"

"오늘 델카를 떠나올 때 검문검색이 장난이 아닐 정도로 철저했었소. 평상시에는 델카로 들어오는 사람들만 대충 하는 시늉만 했었는데, 오늘은 밖으로 나가는 사람들의 짐까지 샅샅이 뒤지며 검문하더군요. 뭔가 큰 사건이 터졌다는 거 아니겠소? 그래서 친하게 지내던 경비병에게 물으니 살인사건이 벌어졌다고 하더군요. 그것도 델카 내의 고관들과 친하게 지내던……."

해리슨은 여왕벌의 둥지에서 벌어진 참극에 대해 자세히 설명했다. 그러면서 요새도시 델카를 장악하고 있는 폭력조직 샐러맨더 파가 지금 미친놈처럼 날뛰고 있으니 조심하라는 말까지 덧붙였다. 이런 상황에서 자칫 그놈들과 사소한 시비라도 붙게 된다면 절대 좋은 꼴을 못 볼 거라는 말까지. 너무 말이 길어지자 랜이 해리슨의 등을 쿡쿡 찌르며 더 이상 말을 하지 말라고 할 때까지 말이다.

하지만 그런 해리슨의 말에 가죽갑옷의 사내는 그제서야 납득이 간다는 듯 고개를 끄덕이며 입을 열었다. 상인이라 보기에는 너무 완전무장을 하고 있어 내심 의심을 하고 있었는데 그런 상황이라면 자신의 안위를 위해서라도 무장을 할 수밖에 없었을 테니까.

"좋은 정보 알려줘서 고맙소."

"이렇게 모험가분들이 나섰으니, 조만간 이 일대도 마음 편하게 상행을 다닐 수 있겠군요. 정말이지 수고가 많으십니다."

자신들과 같은 산적들을 잡겠다고 떠들어 대는 가죽갑옷 사내의 말에 다른 조장들은 난감함에 입을 꾹 다물고 있었고, 오로지 해리슨만이 조심스럽게 말을 꺼낼 뿐이었다. 그들의 대화를 뒤쪽에서 들으면서도 라이의 시선은 한 곳에 고정되어 있었다.

처음에는 미처 알아차리지 못했지만, 곧이어 저 철판갑옷이 꽤 눈에 익다는 것을 깨달았다. 저가의 대량생산품이라면 몰라도 저런 고급품은 모두 주문 제작된 수작업품으로, 이 세상에 단 한 벌밖에 없다고 봐도 무방했다. 그런데, 저런 갑옷을 어디에서 봤더라? 분명 오다가다 길거리에서 스쳐 가듯 본 것은 아니었다. 이렇게까지 기억에 선명하게 남아있다는 건……

순간, 기억이 떠오른 라이는 자신도 모르게 고개를 끄덕였다.

맞다. 예전에 용병대에 있을 때, 자신들이 식사하고 있는 식당에 우연히 함께 동석하게 된 모험가들이었다. 그때 라이의 시선을 빼앗았던 건 저 사내가 입고 있는 멋있는 철판갑옷과 아름다운 무녀였다.

마법사였던 여자도 엄청 아름다웠던 것 같았지만, 새침한 표정으로 앉아있던 그녀보다는 음흉스런 올란도의 수작을 순수한 마음으로 받아주던 무녀가 더욱 아름답게 보였던 것은 뻔한 사실. 그 때문에 그때의 기억이 아직까지도 라이의 뇌리에서 잊혀지지 않고 있었던 것이다.

고개를 돌려 멀리서 이쪽을 바라보고 있는 세 명의 모험가들을 자세히 살펴보자 작고 아담한 체형을 지닌 사람이 둘 보였다. 모두들 후드가 달린 망토로 전신을 가리고 있었기에 드러나 있는 건 다리 정도밖에 없다. 저 두 명 중 한 명은 무녀고, 한 명은 마법사일 것이다. 하지만 이 거리에서는 누가 마법사고 누가 무녀인지 알아볼 수가 없었다.

'이들은 그때나 지금이나 계속 모험을 하고 있었구나.'

라이는 이들이 정말 부러웠다. 그가 어릴 때부터 간절히 바랐던 꿈이 모험가였으니까. 아버지가 섬기는 귀족과 함께 몰락의 길을 걷는 것을 옆에서 지켜보며, 그는 절대로 주군 따위는 섬기지 않을 것을 속으로 맹세했었다. 그런 그가 가장 동경했던 직업은 바로 모험가, 특히 그중에서도 '용사'라는 직업이었다.

물론 용사라는 직업 자체가 따로 있는 건 아니었지만, 어렸을 때 들었던 옛날 얘기에서 막강한 동료들과 파티를 꾸려 마왕과 드래곤을 때려잡는 용사가 너무나도 멋있게 느껴졌던 것만은 사실이었다. 물론 지금은 세상물정을 어느 정도 알게 되었기에 어렸을 때의 그 꿈이 얼마나 허무맹랑한 것인지 자신도 잘 알고 있었지만 말이다.

의심이 모두 걷힌 가죽갑옷의 사내와 해리슨의 대화는 부드럽게 변할 수밖에 없었다.

"귀하들의 상행에 행운이 함께하길 빌겠습니다."

"감사합니다. 델카에서 다치지 마시고, 나쁜 산적 놈들을 깡그리 잡아주시길……."

인사를 마치고 점차 멀어져 가는 모험가들의 뒷모습을 라이가 부러운 듯 바라보고 있을 때, 다른 조장들이 해리슨을 향해 질책 섞인 말을 토해냈다.

"야, 뭘 그런 것까지 꼬치꼬치 다 말해 주냐? 그리고 뭐? 나쁜 산적 놈들을 깡그리 잡아달라고? 난 잠시 네가 내가 알고 있던 해리슨이 아닌 줄 알았다."

해리슨은 자신도 조금은 멋쩍었는지 뒤통수를 벅벅 긁으며 대꾸했다.

"델카에 들어가면 금방 알 수 있는 일인데 뭐. 그리고 우리 조직원들 말고 다른 파의 조직원들을 저놈들이 깡그리 잡아주면 우리야 좋지, 안 그래?"

"허기야…, 어설프게 거짓말을 해 봐야 괜한 의심만 샀겠지. 우리가 델카로 돌아가지 않을 거라면 몰라도, 나중에 재수 없게 길에서 마주치기라도 한다면 난감하긴 하겠네."

"그나저나 이런 사실을 두목한테는 전해줘야 하는 거 아닌가?"

"지금 이 상황에서 어떻게 연락을 해?"

그들은 다란툼에 도착하는 대로 두목에게 모험가들에 대한 정보를 전령을 통해 보내기로 하고 길을 재촉했다. 그들은 출발한 이후에야 잭이라는 사내가 아직까지도 모험가들이 사라진 쪽을 망연한 표정으로 바라보고 서 있다는 것을 눈치챘다. 왜 저러고 서 있는 걸까? 하지만 아무도 잭에게 다가가려고 하지 않았다.

"너희들이 가봐. 나는 마차를 몰아야 해서……."

해리슨이 마차 탓을 하며 슬쩍 빠졌고, 이제 남은 건 랜과 피터뿐이었다. 과묵하기 짝이 없는 랜이 저승사자에게 말을 걸 리 없다는 것을 잘 아는 피터는 은근슬쩍 해리슨을 부추겼다.

"야, 아까 보니 헛바닥에 기름칠을 했는지 정말 매끄럽게 말하드만. 난 네가 그렇게 주둥아리를 잘 놀릴 줄 몰랐다. 그러니 이번에도 네가 좀 말해봐라. 우리는 이게 안 되잖냐."

그러면서 피터는 엄지와 검지를 부딪치며 말하는 시늉을 해 보였다.

"젠장, 달톤 녀석이 토막 나서 죽는 거 못 봤어? 나보고 그렇게 죽으러 가라고?"

"에이, 달톤이야 엄한 짓 하다 뒈진 거고. 너야 열심히 마차를 몰기만 했는데 설마 죽이겠냐?"

"싫어. 나는 마부석에서 꼼짝하지 않을 테니 너희들이 알아서 해."

결국 인내심의 한계를 느낀 피터가 등에 메고 있던 전투도끼를 벗겨 들었다. 그러자 마치 약속이라도 한 듯 랜 역시 해리슨을 향해 무기를 겨눴다.

"좋게 말할 때 들어라. 잭 손에 죽기 전에, 우리들 손에 죽고 싶지 않다면……."

잭에 대한 공포 때문인지 랜과 피터가 살기까지 드러내며 으르렁거리자 해리슨은 두 손 들지 않을 수 없었다. 무엇보다 달톤이 상인을 죽이고 빨강머리 소녀를 겁탈하려다 죽은 것이었기에 어쩌면 자신은 괜찮을지도 모른다는 생각이 들어서였다.

해리슨은 마부석에서 내려오며 투덜거렸다.

"이런 개새끼들, 나중에 두고 보자."

"다란툼에 가면 내 한잔 거하게 살게. 핫핫, 그러니 마음 풀라고."

"건투를 비마."

"쩝, 이런 것들도 친구라고……."

동료들에게는 인상을 왈칵 일그러트리며 째려본 뒤 잭 쪽으로 발길을 옮기기 시작한 해리슨이었지만, 점차 거리가 가까워질수록 그의 심장의 움직임이 점점 더 빨라지고 있었다. 산적질을 하며 숱한 적들과 칼을 주고받을 때도 이렇게까지 긴장한 적은 없었다.

분명 라이의 기분 여하에 따라 자신의 목숨이 왔다 갔다 할 텐데, 문제는 라이가 왜 저러고 서 있는 지 그 이유조차 모른다는 것.

잭 옆으로 슬그머니 다가선 해리슨은 일부러 헛기침을 크게 했다.

"크흠!! 험!!"

멍하니 모험가들이 사라진 도로 저편을 바라보고 있던 잭의 시선이 그제야 해리슨 쪽으로 움직였다. 잭이 자신을 바라본다고 느끼자마자 해리슨이 재빨리 말을 걸었다. 자신이 알고 있는 한 최대한 정중하게…….

"저…, 뭐 마음에 걸리는 거라도 있으십니까? 혹시 저 모험가들이 뭔가 눈치라도 챈 게 아닐까 생각하시는 건 아니신지……?"

그제서야 깊은 상념에서 깨어난 라이는 표정을 급히 수습하며 대꾸했다.

"뭐…, 뭐라고?"

"정체가 탄로 나지 않도록 잘 말해서 보냈으니 너무 걱정하실 건 없습니다."

"아니, 그런 건 아니지만……. 하여튼 빨리 다란툼으로 가자."

다란툼은 영주가 기거하는 성답게 요새도시 델카 따위와는 비교도 되지 않을 정도로 그 규모가 컸다. 광대한 주거지역을 감싸고 있는 높지막한 성곽만 아니라면, 이곳이 몬스터의 위협에 시달리고 있는 변방이라는 것을 알아채기 힘들 정도로 활력이 넘쳤다.

"저쪽으로 가시면 됩니다요."

조장들은 어느 순간 라이를 젊은 모습으로 변장하고 있는 경험 많은 실력자로 대접하고 있었다. 그렇지 않다면 그 무지막지한 실력을 이해할 수 없었기에.

갑작스런 방문이긴 했지만, 동료 조장들의 모습을 본 다란툼 지부장은 무척 반가워했다. 말이 지부장이지 중간보스급 조장 정도의 지위였다. 그가 하는 일은 다란툼의 정보를 수집하다가, 그중에 쓸 만한 게 있으면 본거지로 보고하는 게 전부였다. 즉, 요새도시 델카에서 루크가 하던 일과 비슷한 역할이라고 해도 과언이 아니었다.

"여어~, 오랜만이야. 기별도 없이 갑자기 어쩐 일이지? 그것도 자네들 셋이 함께 말이야."

"부두목의 지시에 따라 중요한 손님을 모시고 왔어."

"손님?"

조장들의 뒤편을 보니 솜털도 아직 벗겨지지 않은 것 같은 젊은 남녀가 서 있는 게 보였다. 손님이라는 말에 지부장은 고개를 갸웃하지 않을 수 없었다. 허름한 젊은 남녀의 행색으로 봤을 때, 이곳 지부에 충원을 시켜 주려고 데려온 애송이들인 것 같은데, 그런데 왜 저들을 손님이라고 부른 것일까?

지부장은 의아하다는 듯 해리슨을 향해 살짝 눈짓을 하며 속삭였다.

"대체 저 애송이들이 누군데 손님이라 하는 거지?"

"여자애는 아니고, 젊게 보이는 분에게는 주둥아리 조심해라. 자칫 기분을 상하기라도 하면 네놈 모가지가 달아날 테니."

그 말에 지부장은 라이를 조심스럽게 살펴봤지만 아무리 봐도 촌구석에서 막 도시로 나온 어설픈 애송이로밖에는 보이지 않았다.

"흥, 오랜만에 만났다고 내게 장난을 치는 모양인데 안 속는다, 안속아. 그러니 빨리 말해봐. 대체 애송이들을 데리고 여긴 왜 온 거야?"

"씨불, 헛소리 그만하고, 어쩌면 두목이 초빙한 암살자일지도 몰라. 젊어 보이는 겉모습도 아마 변장한 것일 테지. 그러니까 말조심하란 말이야."

겁에 질린 듯 라이를 훔쳐보며 여기까지 속삭인 해리슨은 라이를 손짓으로 가리키며 약간 큰 소리로 지부장에게 말했다.

"이분은 잭이라는 분이셔. 부두목께서 자네에게 최대한 빨리 안내하라고 명령하셨지."

지부장은 믿어지지 않는다는 듯 라이를 연신 훔쳐보았지만 일단 정중히 인사했다.

"처음 뵙겠습니다, 이곳 다란툼 지부를 맡고 있는 코비라고 합니다."

라이는 말없이 품속을 뒤져 부두목에게서 받았던 편지를 지부장에게 건네줬다.

며칠 전까지의 라이 성격이었다면 지부장씩이나 되는 사람에게 이렇게 오만한 표정을 지었을 리 없었다. 하지만 이곳까지 오면서 조장들 셋이 겁에 질린 눈빛으로 연신 굽실거리며 떠받들어 주다 보니 그 분위기에 휩쓸린 것이다. 그리고 사람들을 스스럼없이 해치는 깡패들이라는 사실을 알고 나자, 약간 경멸에 가까운 감정이 있는 것도 사실이었고…….

"부두목은 자네가 최대한 협조해 줄 거라고 했는데."

라이가 건넨 편지를 허겁지겁 읽은 지부장의 얼굴에는 전혀 이해할 수 없다는 듯 의아함이 어려 있었다.

"샐러맨더 파의 수뇌부들이 있는 본거지로 잭님을 안내해 주면 된다니……. 이게 대체 무슨 뜻입니까?"

고개를 갸웃거리던 지부장은 뭔가 떠올랐다는 듯 라이에게 물었다.

"조직 간의 협상이라도 하시려고……?"

"협상이 아니라 최대한 빨리 놈들을 해치워 달라는 부탁을 받

앉지."

샐러맨더 파의 수뇌부를 해치우겠다는 라이의 말에 모두들 경악감을 감추지 못했다.

하지만 곧 세 명의 조장들은 여왕벌의 둥지에서 일어난 참혹한 사건을 떠올리며 그 범인이 잭일 거라는 심증을 굳힐 수 있었다. 이미 잭의 잔인하면서도 무시무시한 실력을 자신들이 똑똑히 봤기에 내릴 수 있는 결론이었다.

'두목이 왜 저런 무서운 놈을 끌어들였나 했더니, 역시⋯⋯.'

하지만 아직 앳된 소년의 모습을 하고 있는 잭의 실력을 도저히 믿기 힘들었던 지부장은 어이가 없었다.

'샐러맨더 파가 얼마나 막강한 조직인데⋯⋯. 두목이 미쳤나? 아무리 조장들이 도와준다고 하지만, 저들만으로 샐러맨더 파 두목을 암살하라니⋯⋯.'

"두, 두목님께서 말입니까? 도저히 이해를 할 수가⋯⋯."

"흥! 두목의 명령에 불복하겠다는 건가? 자네도 달톤이라는 놈처럼 죽고 싶은 게로군."

라이가 검을 뽑아들려는 순간, 해리슨이 허둥지둥 그 앞을 막아섰다.

"어르신! 잠시만⋯, 잠시만 참아주십쇼. 제가 말을 해보겠습니다."

라이는 못 이기는 척 뒤로 슬쩍 물러섰다. 위협만 한 것이지, 실제로 그를 죽일 생각은 없었으니까.

조장들은 행여 자신들의 말이 라이에게 들릴세라 구석진 곳으로 지부장을 끌고 가더니 속닥거리기 시작했다. 그들이 뭐라고 속닥거렸는지는 알 수가 없었지만, 잠시 후 라이에게로 다가온 지부장의 태도만 봐도 대충 짐작할 수는 있었다. 그의 태도는 조금 전까지와는 달리 상당히 공손하게 바뀌어 있었던 것이다.

"미처 몰라 뵙고 실례를 저질렀습니다. 부디 용서해 주시길……."

하지만 공손한 태도와는 달리 아직 의심이 가득한 그의 눈빛으로 봤을 때, 완전히 라이의 실력을 믿는 것 같지는 않았다.

"모르고 저지른 일까지 질책할 정도로 옹졸한 사람은 아니니 걱정할 필요 없다."

일부러 거드름을 피우며 말하고는 있었지만, 라이는 자신보다 나이 많은 사람에게 이런 식으로 말한다는 데 있어서 속이 거북함을 느꼈다.

하지만 그래도 이런 상황에서는 어쩔 수가 없었다. 저들은 폭력이 일상화되어 있는 환경에서 성장해 온 사람들이다. 이쪽이 겸손하게 존대를 해 주면 힘이 없어서 그런 줄 알고 오히려 얕잡아 보는 그런 인간들인 것이다. 이런저런 일들을 겪으며, 라이는 자신도 모르게 이런 인간들을 상대하는 법을 조금씩 터득해 나가고 있었다.

라이의 속마음도 모르고 지부장은 고개를 조아리며 감사해했다.

"감사합니다, 어르신. 일단 안내는 해드리겠습니다만, 조심하셔야 할 겁니다. 이곳의 고위관료들은 물론이고, 영주조차도 샐러맨더 파를 은근히 밀어주고 있는 형편이니까요."

"그야말로 기가 찰 일이로군. 깡패조직의 뒤를 봐주는 영주라니……. 영지를 아예 말아먹고 싶은 모양이지?"

"꼭 그렇게만 볼 수도 없는 게 영주가 사람들의 시선 때문에 하기 힘든 더러운 일들을 조직에서 은밀히 처리해 주니 서로 공생관계라고 하는 게 맞는 말이겠지요."

라이의 퉁명스런 말투에 지부장은 떨떠름한 표정으로 대답했다. 두목의 의뢰를 받고 온 주제에 조직 자체를 얕보는 듯한 말을 하니 기분이 살짝 언짢았던 것이다. 그리고 지부장의 그런 변화를 라이는 재빨리 눈치챘다.

"흐음…, 뭐 나야 두목이 부탁한 임무만 수행하면 되니 구태여 이러쿵저러쿵할 필요는 없겠지."

지부장이 말한 더러운 일이라면 대충 짐작은 갔다. 납치, 암살, 인신매매 등등. 기분은 더러웠지만 가짜 신분증을 손에 넣기 위해서 지금은 겉으로 표현해서는 안 된다. 게다가 중간보스들의 말을 슬쩍 엿들어 보니 자신을 연륜 있는 암살자로 착각하고 있지 않은가.

라이는 애써 표정 관리를 하며 일부러 차가운 목소리로 말했다.

"어쨌거나 놈들의 두목이 있는 곳으로 언제 날 안내해 줄 수 있겠나?"

"저…, 그게 최소한 일주일은 주셔야……."

"삼일 내로 끝내. 알겠나?"

"예…? 예. 최대한 노력해 보겠습니다…, 어르신."

지부장은 마지못한 듯 작은 목소리로 어르신이라는 말을 덧붙였다.

"그동안 나는 여관에서 기다리고 있겠다. 내가 묵을 만한 괜찮은 여관은 있나?"

"이 근처에서 최고급 여관으로 모시도록 하겠습니다, 어르신."

"아니, 그렇게 좋은 곳은 필요 없어. 이런 허름한 옷차림으로 고급 여관에 들락거리면 오히려 사람들 눈에 띄기 쉬우니까. 내가 원하는 건, 적당히 녹아들 수 있는 장소야. 더불어 음식 맛이 좋다면 더 바랄 게 없고 말이지."

잠시 생각하던 지부장은 손가락을 딱 튕기며 말했다.

"괜찮은 곳이 있습니다. 딴 건 몰라도 음식 맛은 아주 마음에 드실 겁니다."

잠시 후, 지부장이 붙여준 소년을 따라 밖으로 나가려던 라이의 눈에 난처한 듯한 얼굴을 하고 서 있는 소녀가 보였다. 아주 잠깐 바라본 것뿐이었는데, 눈치 빠른 해리슨이 즉시 반응했다.

"저 아이에 대해서는 어르신께서 심려하실 필요가 없습니다."

"어떻게 할 건가?"

"일이 끝나실 때까지 이곳 지하실에 가둬두도록 하겠습니다."

자신을 지하실에 가둬두겠다는 말에 소녀의 안색이 일순 창백하게 질린다. 하지만 입을 꽉 다물고만 있을 뿐, 감히 항의할 엄두도 내지 못하고 그저 서 있기만 했다.

"그럴 필요 없다. 내가 데리고 가지."

"예?"

잠시 어리둥절한 표정으로 소녀와 라이를 번갈아 바라보던 피터는 곧바로 감 잡았다는 듯 음흉스런 미소를 지었다. 그는 라이가 저 소녀를 데리고 가서 잠자리를 함께하려고 할 속셈일 거라고 생각했던 것이다. 암살자들 중에는 긴장을 풀기 위해 여색을 탐하는 자들도 많다고 들었으니까. 아니, 그건 비단 암살자들만의 얘기가 아니다. 그들 역시 여색을 밝히는 데 있어서는 절대 뒤지지 않았으니까.

"저 애 하나만으로 괜찮겠습니까? 제가 잘 아는 포주가 있는데, 그 할망구에게 말하면 어르신 취향에 맞는 애를 얼마든지……."

라이는 짐짓 짜증스럽다는 듯한 표정으로 손을 내저은 후 통명스레 대꾸했다.

"그건 내가 알아서 할 테니까, 자네들은 자네들이 맡은 일이나 빨리 처리하도록 해."

"예, 어르신. 염려 놓으십쇼."

잘못 걸렸다!

DARK STORY SERIES

35

암살계의 노선배

소년은 라이와 소녀를 시장 안의 허름해 보이는 여관으로 안내했다.

"여깁니다, 어르신."

소녀는 지부장이라는 인물이 잭이라는 사내에게 얼마나 굽실거렸는지 잘 알고 있었기에 제법 괜찮은 여관을 내심 기대했었는지도 모른다. 하지만 낡고 허름한 여관을 보고는 어이없다는 표정을 지었다.

라이는 전혀 불만이 없었다. 오히려 그는 잘 지어진 깔끔한 건물보다 삐걱거리는 소리가 울리는 낡은 건물을 선호했다. 삐걱거리는 소리를 통해 누가 다가오는지 바깥의 동정을 살피기 용이했기 때문이다.

건물 1층은 식당이었고, 그 위로 2층부터 4층까지가 여관인 모양이다. 창밖에서 내부를 힐끗 들여다보니 식당 안은 꽤 많은 손님들로 북적이고 있었다. 요새도시 델카에서 라이가 묵었던 여관도 이런 모습이었다. 식당에 손님들이 많은 걸 보면 허름한 외관에 비해 음식 맛이 그리 나쁘지는 않아 보였다.

'어차피 며칠 묵지도 않을 건데……'

소년은 여관까지 안내해 준 후 곧바로 돌아가 버렸다. 요새도시에서 라이를 안내했었던 당코⋯, 아니 루크라는 놈이 라이의 숙박비를 모두 계산해 줬던 것과는 완전히 다른 대접이다. 이곳 지부장이 라이의 실력을 의심하고 있었기에 벌어진 일이었지만, 지금껏 이런 대우를 받으며 살아왔었던 라이였기에 전혀 부당하다고 느끼지 못하고 있었다.

　"들어가자."

　라이는 소녀와 함께 1층 식당 안으로 들어갔다. 그들이 들어오는 것을 보고 점원인 소녀가 반갑게 맞이했다.

　"어서 오세요, 손님. 두 분이신가요? 이쪽에 자리가 있어요. 이리로 앉으세요."

　점심 식사라고 하기에는 너무 늦었고, 저녁 식사라고 하기에는 꽤나 이른 시간이었지만 놀랍게도 식당 안에는 꽤 많은 손님들이 앉아 식사를 하고 있었다. 라이는 점원을 따라가 그녀가 권하는 의자에 앉았다. 그리고 뒤따라 온 소녀를 향해 손짓과 함께 자리를 권했다.

　"뭐 하고 있어? 이리 와서 앉아."

　"예, 어르신."

　겁에 질린 눈빛으로 라이를 힐끔힐끔 훔쳐보며 조심스럽게 자리에 앉는 소녀. 라이를 만난 후, 단둘이 되어본 것은 이게 처음이다.

　"식사는 어떤 게 되지?"

　"이거하고 이거, 그리고 이거 빼고는 다 돼요. 재료가 떨어져

서……."

라이는 배가 몹시 고팠기에 일단 이것저것 맛있을 만한 걸로 몇 가지를 시켰다. 점원이 주문을 받고 떠난 후, 라이는 소녀를 향해 물었다.

"지금까지 이름을 물어보지도 않았군. 이름이 뭐냐?"

"리…, 릴리라고 합니다. 어르신."

"어르신은 무슨, 그냥 잭이라고 불러."

라이의 말에 릴리는 난감한 듯 조심스럽게 말했다.

"이름을 부르기에는 어르신께 너무…, 실례되는 거 같아서……."

"괜찮아. 내가 지금 이런 모습인데, 그런 나를 보고 어르신이라고 부르는 게 더 이상하지 않겠어?"

'이런 모습인데' 라는 말에 릴리는 라이가 보기보다 훨씬 더 나이 많은 사내고, 지금은 젊은 청년으로 변장하고 있는 것이라는 걸 확신했다. 물론 그전에도 중년사내들이 라이를 어르신이라고 부르는 걸로 봐서 뭔가 있다는 것쯤은 눈치채고 있었지만…….

"예, 알겠습니다."

마침 점원이 빵하고 스튜를 먼저 내왔기에 둘은 대화를 중지하고 식사부터 하기 시작했다.

"숙박을 하려 하는데 방 두 개 있냐?"

"따로 묵으시려고요?"

"응."

"마침 빈방이 있긴 한데…….."

"가격은 어떻게 되지?"

숙박비는 라이가 예상했던 것보다 훨씬 저렴했다. 그가 요새 도시에서 묵었던 그 허름했던 여관보다도 가격이 쌌다.

'손님이 별로 없는 모양이지?'

그건 라이의 생각이었고, 그가 점원과 주고받는 얘기를 엿들은 식당 손님들이 자기들끼리 수군거리는 소리를 들어보니 그게 아닌 것 같았다. 그들 나름대로는 라이에게 들리지 않도록 나지막한 어조로 속삭인 것이었지만, 요즘 들어 내공수련에 매진하고 있던 라이의 귀에는 선명하게 들려왔다.

"저 사람들은 며칠이나 버틸까?"

"가격이 싸니까, 그래도 3일은 버티지 않을까?"

"글쎄…, 나는 하루도 버티지 못할 거 같은데…….."

그러더니 언제쯤 라이 일행이 나갈 것인지를 두고 내기를 하기 시작하는 것이다. 라이로서는 썩 기분이 좋지는 않았다. 점원이 꽤 친절하고, 인상도 좋아 보였는데 비딱한 시선으로 보니 그 친절함조차도 수상쩍게 느껴졌다. 아무래도 뭔가 사기를 당하는 듯 찜찜하기 그지없었다.

"이 방하고 저 방이에요. 자요, 열쇠."

도대체 어떤 방이기에 모두들 수군거렸던 것인지 찜찜함과 함께 궁금증이 치솟았다. 싼 만큼 방이 형편없는 건가? 릴리와는 저녁식사 때 다시 만나기로 하고, 우선은 각자 방에서 휴식을 취하기로 했다.

문을 열고 방 안으로 들어가 보니, 예상한 것보다 너무 괜찮았다. 최악을 가정하고 있었던 탓에 더욱 좋게 느껴졌는지도 모른다. 침구도 깨끗했고, 매트리스의 짚은 새로 넣은 지 얼마 되지 않아 보였다. 막 교체해 향긋한 풀냄새까지 나는 것은 아니었지만, 아직까지는 폭신한 탄력이 남아 있었던 것이다.

"이상하네? 이 정도면 꽤 괜찮은데, 왜 그런 소리를 한 거지? 설마…, 유령이라도 나오는 방인가?"

사악한 기운이 모이는 특별한 장소라면 언데드 몬스터가 나오기도 한다고 들었다. 하지만 이런 도심지 한가운데서 그런 게 나온다는 소리는 들어본 적이 없다. 설혹, 우연이 겹쳐서 그런 게 나온다고 하더라도 이런 곳은 언데드 몬스터의 천적이라고 할 수 있는 신관들도 자주 왕래하는 도심인 만큼, 모습을 드러냄과 동시에 토벌된다고 봐야 할 것이다.

'유령 같은 것에도 내 검이 먹힐까? 뭐…, 그건 해 봐야 알 수 있겠지.'

라이는 침상 위에 정자세로 앉아 검술 수련을 시작했다. 그가 하는 건 꿈속에서 본 검술을 머릿속으로 떠올리며 검의 움직임과 함께 몸속 무형의 기운을 어떻게 함께 동조시켜 움직여가야 하느냐 하는 것에 대한 심상수련(心象修練)이었다. 실제로 검을 뽑아들고 휘두르는 게 가장 좋겠지만, 지금 이 자리에서 검을 뽑아들고 휘두를 수도 없는 노릇이다. 그랬다가는 어떤 사태가 벌어질지 불을 보듯 뻔했으니까.

그래서 라이가 선택한 수련방법이 바로 이 심상수련이었다.

몸 안의 내공의 움직임을 머릿속 깊이 각인시키는 데 있어서 오히려 이 방법이 더 뛰어난 수련 효과를 거둘 수 있다는 건 소 뒷걸음질에 쥐를 밟은 것과 같은 행운이었다. 육체적인 수련에 는 한계라는 게 존재했지만, 마음이라는 건 한계라는 게 존재하 지 않았으니까.

그리고 근래에 검술을 발현했던 것을 머릿속에서 수십, 수백 번 떠올리면서 자신이 실수했던 부분을 찾아내는 것도 매우 유 익한 방법이었다.

검을 처음 익히는 초보에게는 이런 수련법이 전혀 도움이 되 지 않겠지만, 라이의 몸속에는 자신도 모르는 사이 엄청난 수준 의 내공이 이미 갈무리되어 있는 상황이다. 그것을 효과적으로 사용할 수 있는 방법을 찾는 게 그에게는 급선무였는데, 라이는 자신도 모르게 자신에게 가장 효과적인 수련법을 찾아서 행하 고 있던 셈이었다.

정자세를 튼 라이의 의식은 얼마 지나지 않아 저 깊은 세계로 빠져 들어갔다.

문득 제정신으로 돌아온 라이. 창문을 보니 환한 빛이 쏟아져 들어오고 있었다. 라이는 아직 저녁이 되지 않았다고 착각했지 만, 사실은 그가 이 방에 들어온 후 벌써 하루가 지나 있었다.

'아직 해가 지려면 먼 것 같긴 한데……. 지금 밥 먹자고 하면 싫다고 하지 않으려나?'

꼬박 날밤을 새운 라이는 뱃가죽이 등에 붙을 정도로 극심한 허기를 느끼고 있었다.

'뭐, 아무려면 어때. 정 안되면 나 혼자서 내려가서 먹으면 되지.'

똑똑…….

처음에는 조심스럽게 문을 두드렸는데, 아무런 기척도 느껴지지 않았기에 이번에는 좀 더 세게 두드렸다.

똑똑! 똑똑!

그래도 기척이 없었기에 돌아서려고 하는데, 문 안쪽에서 인기척이 느껴진다. 라이는 괜히 릴리를 깨웠다고 생각했다. 피곤해서 잠시 잠이 든 모양인데…….

삐그덕 하고 문을 여는 릴리. 방금 전에 헤어진 것 같았는데, 그동안 릴리의 얼굴은 꽤나 많이 변해 있었다. 피곤에 찌들어 있는 퀭한 눈동자…….

"미안, 자고 있는데 괜히 깨웠네. 나는 같이 저녁이나 먹으러 가려 했는데……."

"저…, 저녁이요?"

멍한 듯 중얼거리는 릴리. 잠시 고개를 돌려 창밖을 힐끗 쳐다보더니, 도저히 못 참겠는지 창문 쪽으로 종종걸음으로 걸어가 고개를 밖으로 꺼내 해가 떠 있는 방향을 살핀다. 자신의 기억이 맞다는 것을 확인하자마자 릴리는 재빨리 라이 앞으로 돌아왔다. 아직 점심때도 되지 않은 게 확실했다. 하지만 그걸 눈앞의 무시무시한 사내에게 말할 담력은 없었다. 안 그래도 시장하던 참이니 잘 되긴 했다.

"마침 배가 고프던 참이었습니다, 어르신."

"어르신이라 부르지 말라니까. 그냥 잭이라고 불러, 잭."

뭔가 이상했다. 1층 식당으로 내려와 보니 이건 평상시의 모습이 아닌 것이다. 이 시간 때쯤 되면 일을 마친 뒤 죽이 맞는 동료들끼리 모여 술잔을 기울이는 테이블이 몇 개 정도는 보여야 당연했다. 하지만 술잔을 기울이는 테이블은 단 하나도 보이지 않았고, 창밖으로는 햇볕이 쨍쨍…….

뭔가 위화감을 느낀 라이는 릴리에게 추궁하듯 물었다.

"이상하네. 릴리, 거짓말하지 말고 똑바로 대답해라. 내가 너하고 헤어진 후, 얼마나 시간이 지난 거지?"

릴리는 고개를 푹 숙이며 기어들어가는 목소리로 대답했다.

"우리가 여관에 들어온 지 벌써 하루가 지났어요. 지금은…, 점심 때구요."

"그래? 어쩐지 배가 너무 고프더라. 그렇다면 그동안 식사는 어떻게……?"

"……."

아무 대답도 못하는 릴리를 향해 라이는 애써 부드러운 어조로 말했다.

"앞으로는 나를 기다리지 말고 때가 되면 먼저 내려가서 먹어라. 밑에다가 말을…, 아니 이걸 쓰도록 해라. 그게 편하겠네."

라이는 품속에서 돈주머니를 꺼내 돈을 적당히 잡히는 대로 꺼내 주었다. 이 정도라면 어지간한 음식이라면 며칠 동안 배부르게 먹을 수 있을 것이다.

"이, 이렇게 많이······."

그리 많은 액수가 아니었음에도 눈이 휘둥그레져 있는 걸 보고 라이는 빙긋 웃었다. 이런 순진함이 마음에 들었다. 릴리는 딱히 예쁜 생김새도 아닌데다, 얼굴 전체를 뒤덮고 있는 주근깨로 인해 더욱 못나 보였다. 그리고 빨강색···, 아니 정확하게 말하면 적갈색 머리카락이 소녀의 인상을 꽹장히 촌스럽게 느끼게 했다. 하지만 라이는 그 모든 게 마음에 들었다. 그린 듯 아름다웠던 무녀에게 죽을 뻔한 경험을 한 후였기에, 오히려 이런 인간적인 모습이 더욱 그의 마음에 들었는지도 모른다.

"괜찮아. 한동안 이곳에 있을 텐데 한 끼만 먹고 말건 아니잖아. 그리고 먹고 싶은 거 있으면 언제든 여관 밖으로 나가서 사 먹도록 해."

"감사합니다, 어르신."

"어르신이라는 호칭은 하지 말라니까. 그냥 잭이라 불러."

라이의 질책에 릴리는 멋쩍은지 어색한 표정으로 대답했다.

"예···, 잭."

"그건 그렇고, 꽹장히 피곤해 보이는데······. 무슨 일 있었냐?"

순간 릴리의 안색이 급변한다.

"아, 아뇨. 아무 일도 없었습니다. 전혀 신경 쓰실 것 없어요."

릴리가 당혹스런 표정으로 고개를 흔들었지만, 라이는 그녀의 어색한 표정 변화를 놓치지 않았다. 뭔가 있었다는 감이 확와 닿았던 것이다. 라이가 추궁하자 어쩔 수 없다는 듯 릴리는 마지못해 털어놨다. 위층에서 남녀 간의 요란한 신음 소리가 밤새 울려대는 통에 한숨도 제대로 못 잤다는 것을.

목조건물인데다 워낙 낡아서인지 층간소음이 아주 심했다. 위층에서 묵는 사람이 살금살금 걸어도, 낡은 목재가 삐걱거리는 탓에 조금만 귀를 기울여도 그가 지금 어디에 위치해 있는지 쉽게 짐작할 수 있었다. 그런 면에서 보면 이런 낡은 건물이야말로 누군가에게 기습당할 염려 없는 안전한 장소라고 할 수 있었다.

릴리의 대답을 들을 때만 해도 인적 없는 야외에서 노숙하던 것과 비교하면 당연히 시끄러웠을 거라는 정도로만 생각했는데, 앤지 붉게 물든 얼굴을 보니 그게 아니었던 모양이다. 그런 식의 소음이 밤새도록 이어질 리도 없었고, 그렇다고 잠을 못 잔다는 것도 이상하지 않은가.

이때, 문득 어제 자신들이 투숙한다고 했을 때 주위 손님들의 반응이 떠올랐다. 그리고 비정상적으로 저렴한 방값까지. 이곳이 여관이라는 걸 감안해서 생각해 보니, 이건 분명 위층에 자리 잡은 손님들의 문제인 게 틀림없었다.

"내가 올라가서 얘기해 두지. 좀 조용히 하라고 말이야."

별생각 없이 말했을 뿐인데, 일순 릴리의 안색이 새파랗게 질린다. 눈앞의 사내에 의해 자잘한 고깃덩이로 변한 달톤의 시체가 떠올랐기 때문이다. 위쪽 방에 묵고 있는 사람도 그런 처참한 꼴이 되는 게 아닐까?

자신의 말 한마디로 인해 그가 죽임을 당한다면 이건 자신이 살인을 한 거나 마찬가지였으니까. 조용히 하라고 하며 저 살인귀가 어떤 행동을 할지 뻔히 알고 있었으니 말이다.

고개를 푹 숙이고 있었기에 처음에는 몰랐지만, 포크를 쥐고 있는 릴리의 손이 덜덜 떨리고 있는 것을 보자 라이도 그제서야 눈치챘다. 눈앞의 소녀가 얼마나 공포에 질려있는지를 말이다. 순간, 식욕이 뚝 떨어진 라이는 먹으려고 스튜에 찍고 있던 빵을 그냥 그릇 위에 던진 뒤 자리에서 벌떡 일어섰다.

"먼저 올라갈 테니, 너는 천천히 먹고 오도록 해라."

밤새 시끄럽게 했다는 이유만으로 위층에 묵고 있는 연놈들을 회쳐 놓을 생각은 전혀 없었다. 그도 상식이라는 게 있는 사람이었으니까. 하지만 그렇다고 해서 이 일을 그냥 넘어갈 생각 또한 없었다.

라이는 위층으로 올라가기에 앞서 점원을 불러 자신들의 위층에 묵고 있는 사람들이 나간 건 아닌지 확인부터 했다. 그러자 '그들은' 언제나 늦게 일어나서 점심때를 훌쩍 지난 후에야 밥을 먹으러 내려온다는 대답을 들었다. 그러니 아직 방에서 자고 있을 거라고 말이다.

라이는 미간을 찌푸리며 위층으로 올라갔다.

똑똑.

릴리가 묵고 있는 방 바로 위층에 위치한 방을 찾는 건 그다지 어렵지 않았다. 그런데 몇 번이나 노크를 했음에도 전혀 반응이 없었다. 혹시 사람이 없는 걸까? 하지만 곧이어 나지막이 들려오는 코 고는 소리에 아직 잠에서 깨지 않았음을 알 수 있었다.

쾅쾅!!

여관 전체가 울릴 정도로 문을 세차게 두들겨대자 그제야 삐그덕 열리는 문. 해가 중천에 떠 있는데, 아직까지도 자고 있었던 듯 속옷바지만 대충 걸친 부스스한 몰골의 사내였다.

하지만 떡 벌어진 어깨와 잘 발달되어 있는 탄탄한 근육이 가장 먼저 눈에 띈다. 게다가 벌거벗은 상체는 온통 시커먼 털로 뒤덮여 있었고, 인상 역시 상당히 더러웠다. 아마 다른 사람들 역시 너무 시끄럽다며 항의하러 올라왔다가 사내의 흉악한 인상과 등빨에 겁을 먹고는 제대로 항의도 하지 못하고 그냥 내뺐을 게 뻔했다.

어쩌면 사내가 용병이나 몬스터 사냥꾼일 가능성이 크다고 라이는 짐작했다. 사내는 아직 잠이 덜 깼는지 연신 하품을 해대며 라이를 노려본 뒤 으르렁거렸다.

"뭐야? 무슨 일인데 남의 방문은 두드리고 지랄이야, 응?"

"노크를 했는데도 반응이 없으니 두드린 거 아닙니까."

"허어, 이런 미친 새끼를 봤나. 어르신이 주무시는 걸 알았으면 그냥 조용히 꺼질 것이지…, 이 새끼가 뒈지고 싶나."

인상을 왈칵 일그러트리며 다짜고짜 멱살부터 쥐려는 사내의 굵직한 손목을 꽉 틀어쥐었다. 그와 동시에 분노로 일그러져 있던 사내의 얼굴이 순식간에 놀람과 고통으로 더욱 일그러져 갔다. 라이의 손아귀 힘이 예상외로 너무 강했기 때문이다.

"큭……."

"뒈지고 싶냐고? 너야말로 뒈지고 싶냐?"

사실, 이렇게 무력을 행사하고 싶지는 않았지만, 사내가 덩치 큰 것만 믿고 까부는 걸 보자 속이 뒤집혔던 것이다. 이런 망할 새끼들 때문에 예전에 고생했던 것도 떠올랐고……. 라이는 더 이상 생각할 것도 없이 다짜고짜 사내의 낭심을 발등으로 차올렸다. 그 즉시 불알이 깨지지 않았을까 싶을 정도로 둔탁한 소리가 울려 퍼졌다.

퍽!

"꾸웨엑!!"

불의의 일격을 당해 낭심을 양손으로 붙잡고 털썩 주저앉는 사내. 얼마나 고통이 심한지 두 눈이 허옇게 돌아가 있었다. 다짜고짜 이런 치졸한 일격을 당할 거라고는 전혀 대비하지 않았던 사내의 말로였다.

'짜식이, 덩치만 믿고 까불고 있어. 이런 비계만 가득한 놈 하나 제압하는 것쯤이야…….'

그때 열린 문 사이로 침대 위에 벌거벗은 몸을 이불로 감싸고 있는 여자가 보였다. 이쪽을 바라보는 여자의 얼굴에는 놀라움에 가득 차 있었다. 이런 상황은 그녀가 상상도 해본 적이 없었기 때문이다.

그녀가 사내와 함께 한지 벌써 한 달이 넘어가고 있었다. 그동안 시끄럽다고 방문을 두드렸던 사람들이 하나둘이 아니었고, 사내의 험악한 인상과 등빨을 보면 즐거운 시간 보내시는데 방해를 해 미안했다며 오히려 사과를 하고 도망가기 일쑤였다. 그런데 저렇게 단숨에 사내를 무력화시킬 줄이야.

라이는 낭심을 붙잡고 끙끙거리고 있는 사내에게로 시선을 돌려 으르렁거렸다.

"내가 좋은 말로 충고할 때 들어라. 앞으로 떡을 치더라도 좀 조용히……."

이때, 라이의 귀에 다급한 여자의 목소리가 들려왔다.

"이봐요, 빨리 도망쳐요!"

"도망을 치라고?"

라이는 피식 웃었다. 여자는 이 덩치 큰 녀석에게 혹시라도 험한 꼴을 당하게 될까 봐 도와주려는 듯싶지만, 자신은 이보다 더한 놈들의 피로 지하실을 피바다로 만들었던 사람이다. 여자의 말이 가소롭게 들릴 수밖에 없었다.

하지만 다음 순간, 라이는 그녀가 왜 자신에게 그런 말을 했는지 금방 알 수 있었다. 주변 객실의 문들이 왈칵 열리며 흉악스럽게 생긴 사내들이 저마다 무기를 들고 뛰쳐나왔던 것이다. 오랜 시간 단련되어 탄탄한 근육질의 사내들. 뒷골목 양아치들 수준은 절대로 아니었다.

"어떤 미친 새끼가 감히 우리에게 시비를 걸어?"

"아함, 밤새 떡을 쳤더니 졸려 죽겠구만. 빨리 조지고 다시 들어가 좀 더 자야겠다."

"죽고 싶어 환장한 놈은 오랜만에 보네. 개자식, 넌 뒈졌어."

네 명의 사내들은 재빨리 라이의 퇴로를 가로막은 뒤 이죽거리기 시작했다. 이 층에 묵고 있는 사내들은 모두 다 한 패거리들인 모양이다. 그녀가 왜 도망가라는 소리를 했던 것인지 십분 이해가 되는 상황이다.

오크 굴속에 제 발로 걸어 들어가 '날 잡아잡슈' 한 꼴이니 난감하기 짝이 없다. 이런 상황을 조금이라도 예상했다면 하다못해 몽둥이라도 들고 올라왔을 것이다. 게다가 움직일 공간이라도 넓다면 어떻게든 해보겠지만, 이곳은 좁디좁은 복도였다.

라이는 순간 아찔해지려는 정신을 급히 수습했다.

'이 정도에 두려워해서는 안 돼. 칼 한 자루만으로 여왕벌의 둥지 지하를 피바다로 만들었던 게 바로 나잖아.'

하지만 그때는 검을 가지고 있었다. 자신이 이런 등빨이 좋은 사내들 앞에서 당당할 수 있었던 건 꿈을 통해 배운 검법으로 인함이지, 맨손으로 하는 격투술 따위는 배운 적이 없었다.

이때, 라이의 머릿속을 번개처럼 스치고 지나가는 기억이 있었다. 요새도시에서 깡패 녀석들에게 기습공격을 당했을 때의 일이다. 그때도 검 따위는 가지고 있지 않았지만 가볍게 물리치지 않았던가.

'당시 다수의 적을 간단히 제압할 수 있었던 건……'

맞다. 속도였다. 상대가 생각하지 못한 불의의 일격을 빠른 속도로 날리는 것. 그리고 상대가 공격해 오기 전에 재빨리 안전지대로 후퇴하여 적의 공격에 대비했다가, 상대의 공격에 맞춰 빈틈을 노렸었지.

기감(氣感)을 통해 상대의 움직임을 눈으로 보지 않고도 한 단계 앞서 느끼고 있었지만, 라이는 미처 거기까지는 생각하지 못하고 있었다. 라이는 네 사내들을 재빨리 훑어봤다. 라이와 가장 가까운 위치에 서 있는 둘은 그래도 어느 정도 방어동작을 취하고 있었다. 손쉽게 일격을 날릴 수 있는 상황이 아니다.

그에 비해 한 발자국쯤 뒤쪽에 자리 잡고 있는 둘은 아직 아무런 자세조차 잡고 있지 않고 그저 이죽거리고 있을 뿐이었다. 좁은 복도와 앞쪽의 동료들을 믿고 설마 자신이 공격당할까 하는 생각에 방심하고 있는 것이다. 공격한다면 뒤쪽의 사내들 중 하나를 먼저 공격해 상대의 무기를 탈취하는 게 최선이리라. 하지만 이 좁은 복도에서…, 더군다나 거리까지 약간 떨어져 있는데 무슨 수로 기습을 가할 수 있단 말인가.

'방법이 없을까…, 방법이……?'

이때, 낭심을 붙잡고 끙끙거리던 사내가 일그러진 음성으로 중얼거리는 게 들렸다.

"끄으으…, 이런 개자식!"

"야, 괜찮아?"

"아으으……."

고통을 참느라 이를 악물며 끙끙거리고 있긴 했지만 사내가 조만간 일어나 자신에게 덤벼들건 뻔했다. 그렇게 되면 이놈들을 상대하기 더욱 힘들어지게 될 것이다. 그리고 저들은 분명 자신을 절대로 가만히 놔두지 않으리라. 그걸 증명이라도 하듯 덩치 큰 사내들이 무기를 휘두르며 으르렁거렸다.

"뭐 하고 있어? 새꺄. 빨리 엎드려 빌지 않고."

"손이 발이 되도록 빈다면 용서하고 넘어가 줄지도 모르지."

"그 전에 우리 기분이 풀리도록 자근자근 다져주겠지만 말이야, 크흐흣."

살기를 물씬 풍기는 사내들에 둘러싸여 있다 보니 온몸에 소름이 쫙쫙 끼친다.

'어떻게 해야 하지?'

궁하면 통한다고 했던가? 극한 긴장감에 그의 집중력이 최고조에 달했는지 순간 뇌리를 스쳐 지나가는 게 있었다. 검법에 따라 검을 휘두를 때, 순간적으로 놀라운 속도를 발휘했지 않았던가. 지금이야 물론 손에 검이 없긴 했지만, 있다고 상상하며 그대로 검법을 전개한다면 어떻게 될까? 검식이야 손에 검이 없으니 제대로 구현되지 않겠지만, 놀라운 속도로 상대와의 거리를 좁히는 것만은 가능하지 않을까?

생각을 정리한 라이는 급히 상대를 물색했다. 뒤쪽에 위치한 탓에 방심하고 있는 녀석은 둘이다. 하나는 왼쪽, 하나는 오른쪽. 라이는 그중 오른쪽 사내를 선택했다. 왼쪽 사내와 달리 오른쪽 사내는 짤막한 몽둥이를 움켜쥐고 있었다.

군데군데 검붉은 핏자국이 묻어 있는 걸 보면, 단순히 엄포용으로 가지고 있는 게 아니었다.

라이가 검식을 전개한 순간, 몽둥이를 든 사내와의 거리가 무시무시한 속도로 좁혀졌다. 좁은 복도였기에 눈에 와 닿는 감각적 충격은 더욱 컸다. 눈 깜짝할 사이에 사내는 라이의 코앞에 위치해 있었고, 얼이 빠진 얼굴로 라이를 멍하니 바라보고 있다. 다른 놈들이 정신을 차리기 전에 라이는 사내의 턱을 힘껏 주먹으로 가격하는 한편, 그가 쥐고 있던 몽둥이를 빼앗아 들었다. 몽둥이가 손에 잡히자 라이는 내심 안도의 한숨을 내쉴 수가 있었다.

"새끼들, 다 죽었어!"

그날 아래층 사람들을 괴롭히며 밸도 없는 겁쟁이 새끼들이라고 비웃어대던 악당들은 지옥을 경험해야만 했다.

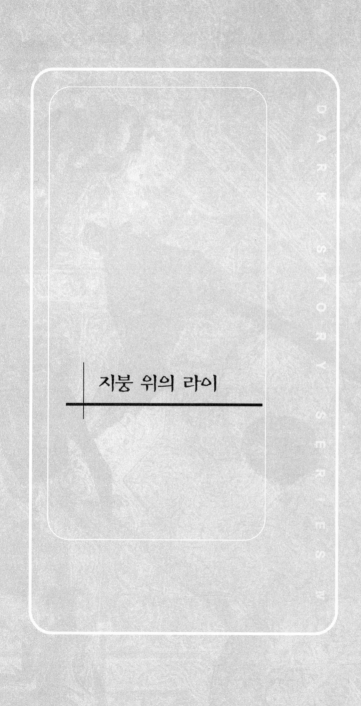

지붕 위의 라이

35

암살계의 노선배

뚜각, 뚜각, 뚜각…….

둔중한 소리와 함께 육중한 무게에 삐걱삐걱 비명을 질러대는 계단과 복도. 오래된 목조건물만이 지니고 있는 장점이라고 라이는 생각했다.

'넷…, 아니 열 명쯤 되겠네. 둔중한 소리 속에 작은 울림들이 숨어있어. 패거리를 모아서 본격적으로 복수전을 해보겠다는 건가?'

예전에는 아무 생각도 없이 당했지만, 이번에는 전혀 그럴 마음이 없다. 혹시나 싶어 가죽갑옷까지 입은 채 기다리고 있는 중이었으니까.

역시, 기대를 저버리지 않는 놈들이었다. 생긴 것만큼이나 뒤끝이 강한 놈들이니 말이다.

라이는 벽에 걸어놨던 검대(劍帶)를 벗기려다 멈칫했다. 롱 소드는 이렇게 좁은 공간에서 싸우는 데는 그리 좋은 무기가 아니다. 그리고 수많은 목격자가 생길 수 있는 상황에서 살인을 하게 되면 대처하기 힘들어진다.

라이는 롱 소드 대신 침대 옆에 세워놓은 피에 젖은 짤막한 몽둥이를 집어 들었다. 이미 한 번 써봤지만, 미친개들 때려잡는 데는 이거만 해도 충분했으니까.

쾅쾅쾅!!

"문 열어! 문!"

문짝이 부서져라 쾅쾅 두들기는 소리. 이건 좀 의외였다. 무작정 문을 때려 부수고 들어올 거라 생각했었는데…….

한 손에 몽둥이를 든 채 피식 웃으며 문을 열어주는 라이. 여유 넘치던 라이의 얼굴이 문밖에 서 있는 사내들을 본 순간 딱딱하게 굳어 버렸다. 문 앞에 서 있는 사내 넷이 착용하고 있는 갑옷의 형태 때문이었다.

광을 내 번쩍거리는 투구, 사슬 갑옷 위에 입은 푸른색 서코트(Surcoat : 소매 없는, 무릎까지 길게 내려오는 얇은 옷. 갑옷에 직접 문장을 그려 넣기 어려운 경우에 애용된다)에는 늑대를 형상화한 것 같은 문장이 그려져 있었다. 한눈에 봐도 영지군 병사임이 틀림없었다.

'병사가 왜?'

선두에 선 병사가 거들먹거리며 말했다.

"네가 저 사람들을 아무 이유 없이 폭행한……."

여기까지 말하던 병사의 눈이 라이가 쥐고 있는 피 묻은 몽둥이로 향했다. 병사는 콧방귀를 뀌며 말했다.

"흥, 증거물까지 있으니 저들의 말이 틀림없군. 자, 순순히 포박당하는 게 신상에 이로울 거다."

지금까지 위협과 협박으로 아래층 손님들을 괴롭히던 놈들이 설마 병사들을 끌어들일 거라고는 생각도 하지 못했었는데…, 정말 마지막까지 치졸하기 짝이 없는 놈들이었다.

하지만 그놈들에 대한 복수는 나중 문제였다. 지금 당장 생각해야 할 것은 이 자리를 어떻게 빠져나가느냐 하는 것이다. 저런 중무장한 병사가 상대라면 이런 몽둥이 따위는 아무런 보탬이 되지 않는다. 그리고 설혹 상대를 할 수 있다고 해도 병사들을 죽일 수도 없는 노릇이었고.

라이는 몽둥이를 던져 버린 뒤 재빨리 벽 쪽으로 달려가 걸려 있던 검대를 벗겨 들었다. 그 순간, 뒤쪽에서 병사들의 경고성이 들려왔다.

"네놈! 감히 저항할 생각이냐?"

물론, 저항할 생각은 처음부터 하지도 않았다. 라이는 무기를 손에 쥐자마자 창문을 향해 달려갔다. 좁은 방이었기에 세 발자국도 채 가지 않아 창문에 도달할 수 있었다. 라이는 생각할 것도 없이 창문으로 머리부터 들이밀었다. 그렇게 하지 않으면 빠져나가기도 힘들 정도로 작은 창문이었기 때문이다.

순식간에 벌어진 일이었기에 병사들은 아무 대응도 하지 못하고 어어 거리기만 했다. 저렇게 좁은 창문으로 머리를 들이밀 놈이 있을 거라고는 생각도 하지 못했던 것이다. 더군다나 여기는 3층. 자칫 머리부터 떨어지면 즉사를 면키 힘들 것이고, 갖은 재주를 부려 한 바퀴 회전에 성공하여 다리부터 착지한다고 해도 다리뼈가 부러질 가능성이 컸다.

'자살할 생각인가?'

병사들이 후다닥 창문 쪽으로 몰려들었다. 그리고 창문 아래로 고개를 들이밀었을 때, 그들은 전혀 예상치 못한 장면을 목격할 수 있었다. 창 아래로 떨어진 놈이, 어떻게 착지했는지는 모르겠지만 꽁지가 빠지게 내달려 사람들 틈으로 사라지고 있었던 것이다.

"어떻게 저럴 수가……?"

전혀 예상치도 못했던 상황에 병사들은 더 이상 추격할 엄두조차 내지 못하고 그저 멍하니 서 있기만 했다.

다급한 김에 단 하나의 탈출로인 창문 쪽으로 돌진, 손을 앞으로 쭉 뻗어 좁은 창틀 속으로 머리부터 들어가는 데 성공했다. 달려 들어간 속도가 있었기에 다행히 중간에 걸리지 않고 다리까지 모두 다 빠져나가는 데 성공하긴 했다. 하지만…….

'으아악!!'

머릿속으로는 비명을 지르고 있었지만, 비명을 지를 시간조차 아까울 정도로 순식간에 지면이 그의 눈앞으로 돌진해 들어왔다. 생과 사의 갈림길인 그 찰나의 순간, 라이의 머릿속에 번쩍 떠오른 것은 검술의 한 초식이었다. 그리고 그것이 그를 살려줬다. 너무나도 쉽게 자세를 바로잡을 수 있었고, 착지에 성공할 수 있었다. 방금 전에 자신이 패닉에 빠질 뻔했다는 게 이해가 가질 않을 정도로 쉽게.

'어떻게 이렇게 할 수가 있지?'

하지만 조금 전의 일을 회상하며 생각에 잠길 여유 따위는 없었다. 자신이 뛰어내렸던 창문 밖으로 병사들의 얼굴이 뛰어나오는 것을 봤던 것이다. 라이는 재빨리 달려 행인들 속으로 몸을 감춰 버렸다.

지금 라이의 머릿속에는 치졸한 놈들에 대한 복수도, 여관에 놔두고 온 릴리에 대한 걱정도 없었다. 오로지 방금 전에 자신이 행한, 믿겨지지 않는 몸놀림에 대한 생각만으로 가득했다.

"이런 것도 가능했다니……."

검술에 포함되어 있는 보법(步法)을 조금만 응용해도 놀라운 몸동작이 가능했다.

하지만 여기에는 라이가 전혀 생각하지 못하고 있었던 부분이 있었다. 경공술은 장거리를 달리기 위해 발달된 기술이다. 내공을 이용하여 최대한 몸무게를 가볍게 하는 한편, 근력을 증가시켜 놀라운 속도로 달릴 수 있게 한다.

그 때문에 경공술의 최고봉으로 초상비(草上飛)가 꼽힌다. 하늘거리는 풀을 밟고 달릴 수 있을 정도로 몸을 가볍게 하는 경신술(輕身術)이 선행되어야 하기 때문이다. 하지만 그건 극단적인 경우고, 일반적으로 경공술이라 하면 장거리를 안정적으로 달리기 위해 가급적 내공 소모를 최소화하는 게 상식이었다.

그에 비해 지금 라이가 사용하는 검술에 포함되어 있는 보법의 경우는 얘기가 완전히 다르다.

검술의 파괴력을 극대화하기 위해서는 공격이 시작되는 중심점의 무게가 무거운 쪽이 좋다. 45킬로 몸무게의 가녀린 아가씨가 내리찍는 검압과 120킬로 몸무게를 지닌 건장한 사내가 내리찍는 검압의 차이! 둘이 사용한 검이 똑같은 것이라고 해도 사내 쪽 검의 파괴력이 월등할 것은 뻔한 이치다.

그 때문에 검술에 포함된 보법에는 몸을 가볍게 하는 경신(輕身)과 함께 천근추(千斤墜)로 대표되는 몸무게를 가중시키는 신법이 복합적으로 사용된다. 적의 공격을 맞받거나, 혹은 적을 공격할 때는 무게가 곧 파괴력이기 때문이다.

그렇기에 무공 고수의 입장에서 본다면 라이의 움직임은 그야말로 내공 소모가 극심한 비효율적인 것이었지만, 라이 본인은 그 사실을 모르고 있었다. 그저 예전에는 생각조차 못했던 몸놀림이 가능하다는 것만으로도 그는 환희에 젖어 있었던 것이다.

*　　*　　*

상황은 점점 더 최악으로 달려가고 있었다. 백여 명에 달하는 샐러맨더 파의 지원세력이 다란툼에서 도착했고, 그만큼 검문 검색은 더욱 강화되었다.

그나마 다행이라면 배신자가 루크 단 한 명이라 아직까지는 그들의 이목으로부터 몸을 숨길 수 있다는 점이었다. 사실 이쪽의 얼굴을 알아보지 못하는 한, 녀석들의 코앞을 지나간다 해도 붙잡힐 일은 없었으니까.

하지만 이런 상황이 지속된다면 틀림없이 배신자가 나오게 되어 있다는 게 문제였다. 그중에서 가장 의심스러운 건, 루크 휘하에서 일하던 녀석들이다.

'놈들을 몽땅 다 해치워 버려? 아냐, 그러다 정보 수집에 커다란 구멍이 뚫려서는 곤란하지. 이 상황만 무사히 넘긴다면, 유용하게 써먹을 수 있는 놈들이니까……'

그리고 지금은 모두들 안전한 곳에 끼리끼리 뭉쳐서 숨어 있는 상황이다. 단독행동이 불가능한 만큼, 지부에 있는 전원이 통째로 놈들에게 투항한다면 몰라도 한두 명이 살그머니 빠져나가 투항한다는 것은 힘들었다.

'이제 겨우 이틀이 지났을 뿐이야……. 초조해할 것 없어. 어설프게 움직이면 오히려 놈들에게 발각될 확률만 높아지는 거야.'

라이에게 샐러맨더 파의 수뇌부를 척살하라고 지시를 내리기는 했었지만, 박스터는 라이가 그걸 해낼 거라고는 처음부터 기대도 하지 않았다. 그가 처음에 계획했던 건 샐러맨더 파가 블루썬더 파의 존재를 모르는 만큼, 이 모든 혐의는 숙적인 블랙울프 파에게로 쏠릴 거라는 거였다.

그렇게 시비가 붙어 투닥거리다 결국 그 두 거대조직은 델카의 지배를 위해 정면충돌을 향해 달려갈 거라고 예상했었다. 그리고 라이가 행하게 될 샐러맨더 파 두목에 대한 '암살미수'는 블랙울프 파의 짓으로 포장되어 그 둘의 충돌을 더욱 가속화 시키게 될 예정이었다.

하지만 그의 계획은 첫 단추부터 어긋나 버렸다. 루크 녀석이 배신하고 블루썬더 파의 존재를 샐러맨더 파에 밀고해 버린 것이다. 그 때문에 샐러맨더 파는 지금 블루썬더 파의 조직원들을 찾아 눈에 불을 켜고 요새를 뒤지고 있는 상황이다.

"이런 떠그랄! 이제 어떻게 하면 좋지? 이러면 코비 녀석이 잭을 블랙울프 파에서 보낸 자객인 것처럼 위장해 준다고 해도 아무런 도움이 되지 않을 가능성이 크잖아. 이대로 가만히 앉아서 죽을 수밖에 없는 건가?"

한참을 궁리하던 박스터는 이 사태를 타결하려면 한 가지 희망밖에는 없다는 데 결론을 내렸다. 그것은 라이의 존재였다.

그가 사고를 대차게 쳐주기만 한다면, 그래서 샐러맨더 파의 이목을 그쪽으로 조금만 끌어주기만 한다면 어쩌면 이곳 요새에서 탈출한 빈틈이 생길지도 모른다.

탈출만 한다면 산맥 속에 숨어들어 10년이든 20년이든, 샐러맨더 파의 추격이 잠잠해질 때까지 끈기 있게 기다릴 수 있으리라.

"그래, 지금 믿을 건 그놈밖에 없어. 그놈이 조금만 시간을 벌어 준다면……."

박스터는 잭이 샐러맨더 파의 이목을 끌어주길 간절히 기대하고 있었지만, 지금 라이가 이목을 끌고 있는 건 다란툼의 시민들과 병사들이었다. 라이는 건물 사이를 뛰어다니며 최근에 익힌 몸놀림에 신이 나 있는 상태였다.

*   *   *

다다다닷…….

건물과 건물 사이의 좁은 골목길. 라이는 골목길 양옆에 놓여 있는 건물들의 벽면을 지그재그로 건너뛰어 순식간에 건물 꼭대기로 올라섰다. 예전에는 맨몸으로도 이런 곡예에 가까운 움직임을 할 엄두조차 내지 못했었는데, 지금은 묵직한 가죽갑옷으로 몸을 감싸고, 허리에는 장검까지 찬 채로 해낸 것이다.

"설마, 가능할까 했는데…, 이렇게 쉽게 되다니…….”

그날 창밖으로 탈출한 후, 이런저런 몸놀림을 연습하는 데 꼬박 이틀을 썼다. 밤새도록 성안을 뛰어다니는 게 힘이 들긴 했지만, 그만큼 얻은 것도 많았다.

라이가 주로 내달린 곳은 건물의 지붕 위였다. 지붕과 지붕 사이를 건너뛰기도 하고, 또 건물 위쪽으로 뛰어오르기도 했다. 실수로 지붕이 내려앉는 참사가 몇 번 벌어지기도 했지만, 집주인이 채 정신을 차리기도 전에 재빨리 도망치는 것으로 그 자리를 모면했다.

병사들도 그런 라이의 뒤를 쫓기는 했지만, 어떻게 할 엄두조차 내지 못했다. 만약 라이가 대낮에 그런 짓을 했다면 화살이라도 퍼부었겠지만, 깜깜한 한밤중에 지붕 위를 뛰어다니고 있다 보니 뒤쫓을 방도가 없었던 것이다. 게다가 살인 사건도 아닌, 그저 시비가 붙어 사내들끼리 투닥거린 정도의 사건이었기에 적극적으로 쫓지도 않았고 말이다.

밤새도록 지붕 위를 뛰어다니다 날이 밝아오면 라이는 여관 근처로 돌아와 숨어서 시간을 보냈다. 따뜻한 지붕 위에서 간혹

낮잠에 빠지기도 했지만, 그가 여관 근처를 벗어나지 않는 이유는 지부장이 언제 연락을 보내올지 알 수가 없었기 때문이다. 지부로 찾아갈 수만 있었다면 얘기가 달랐겠지만, 라이는 지부의 위치를 전혀 기억할 수가 없었다.

그렇기 때문에 라이는 릴리의 방에 은밀히 들어가 혹시 지부장이 보낸 사람이 찾아오면 창문에 흰 천을 걸어 두라고 당부해 뒀다. 그날 이후 라이는 릴리의 방 창문에 흰 천이 걸려 있는지 확인하기 위해 적어도 하루에 한 번은 여관을 찾았다.

*   *   *

리카에게 앤트러스를 인도한 후, 월터는 복수전을 위해 알카사스로 돌아갈 궁리를 시작했다. 자신이 복수전을 위해 다시금 예전에 이동했던 루트를 경유해서 들어갈 것이라는 걸 리카에게 말해뒀으니, 자신의 직속상관인 제2근위대장 까미유 드 크로데인 공작에게로 보고가 올라갔을 거다.

만약 대장이 그 의견에 반대라면 리카가 돌아간 바로 그 날 자신에게 통보가 왔으리라. 쓸데없는 짓 하지 말고 할 일이나 하라고. 하지만 아무런 말이 없는 걸 보면 암묵적인 허락을 얻었다고 봐도 무방할 것이다.

하지만 문제는 더 이상의 증원을 받기 힘들다는 것. 앤트러스를 이송하는 것과 같은 하찮은 임무에 리카 같은 거물이 달려온 것만 봐도 뻔하지 않겠는가. 그렇다고 제1근위대나 다른 곳에 증원을 청하기도 힘들었다. 지원받은 마법사를 통해 정보가 새 나가는 것도 문제였지만, 증원을 받으려면 왜 증원이 필요한지에 대한 설명을 해야만 했기 때문이다.

알카사스에서 벌어진 일은 우연히 월터가 휩쓸린 게 아닐까 하는 정보부의 분석이 있긴 했지만, 그렇다고 정보가 새 나가 자신의 행보가 탄로 났을 가능성 역시 여전히 남아 있었다.

그렇다면 답은 뻔했다. 우연이건, 첩자가 끼어 있었건 확실하게 확인하는 것만이 최선이다. 만약 첩자가 정말 있다면, 그놈이 나중에 더욱 높고 중요한 직책을 차지하고 앉아 제국의 최고 기밀을 알카사스에 누설할 수도 있기 때문이다.

"토리아 지국장과 통신을 하고 싶다."

비밀기지에 배속되어 있는 하급 마법사 따위가 월터의 진정한 신분이 뭔지 알 리 없다. 하지만 그도 눈치라는 게 있다. 제2 근위대 사령부의 직통 통신채널을 알고 있으며, 수정구슬에 모습을 드러낸 마법사에게 그곳의 마법사 한 명을 지금 당장 이쪽으로 파견해 달라고 지시하는 것을 직접 옆에서 들었으니까. 이러고도 상대의 신분이 뭔지 대충이나마 짐작하지 못한다면, 마법사를 때려치워야 하는 것이다.

마법사는 월터에게 공손하게 대답했다.

"잠시만 기다려 주십쇼, 월터님. 최대한 빨리 연결해 드리겠습니다."

잠시라고 했지만, 토리아 지국장과 연결되는데 월터는 거의 30여 분을 기다려야만 했다. 기사단 본부 같은 경우, 통신회선이 항상 열려 있기에 채널만 알고 있다면 언제든지 통신이 가능했다.

하지만 정보부는 달랐다. 워낙에 점조직으로 구성되어 활동하고 있는데다, 기밀 누출을 방지하기 위해 상부와 직통으로 연결되는 회선은 절대로 알려주지 않는다. 그 때문에 이리저리 빙빙 돌아서 위쪽으로 연락이 올라가야 했기에 이렇게 시간이 걸리게 된 것이다.

통신이 연결됐다는 마법사의 말에 월터가 통신실로 가보니, 커다란 수정구 안에 노회한 인상의 중년인의 모습이 떠올라 있는 게 보였다. 그 중년인은 월터의 얼굴이 보이자마자 깊숙이 고개를 조아리며 인사를 건넸다.

「하하핫, 오랜만입니다, 월터님. 저를 급히 찾으셨다고요」

"지원을 요청할 게 있어서 말일세."

「이런 말씀드리기 송구합니다만, 이곳도 여력이 거의 없어서……」

월터의 청에 지국장은 난감하다는 듯 입을 열었다. 하지만 노회한 인물답게 곧바로 해결책을 제시해 왔다.

「어쨌거나 말씀해 보십쇼. 여기서 정 안 된다면 본국에 지원을 요청하면 되니까요」

"두 명만 지원해 주게. 한 명은 마법사, 그리고 또 한 명은 토리아 지국에서 좀 높은 지위에 있는 인물로 말이야."

토리아 지국에서 지위가 높은 인물을 지원해 달라는 말에, 지국장은 잠시 머뭇거렸다. 아무리 생각해도 월터의 의도를 알 수가 없었으니까.

「높은 지위에 있는 인물…, 말씀이십니까? 실례지만, 어디에 쓰시려고 그러십니까?」

"이런 말 하긴 그렇지만, 미끼로 쓰려고……."

순간 지국장의 안색이 딱딱하게 굳는 걸 본 월터는 급히 덧붙여 말했다.

"아, 걱정 말게. 위험한 일은 없을 거야. 내가 적들과 싸우는 사이에 도망치면 돼. 그 때문에 마법사가 한 명 필요한 거고."

그때처럼 떼거리 공격을 받는다면 월터가 제아무리 뛰어난 실력을 지니고 있다고 해도 미끼의 생명을 보장할 수가 없다. 그렇기에 월터가 추가로 원한 게 바로 마법사였다. 그가 복수전을 펼치고 있는 동안 미끼를 안전한 곳으로 탈출시키는 게 가능하니까. 그리고 마법사를 데리고 가면 적들의 움직임을 탐지하는데도 유용할뿐더러 통신기로도 써먹을 수 있다.

월터가 제2근위대 소속 기사라는 것을 알고 있는 사람은 몇 명 되지 않았지만, 다행히도 월터의 앞 통신구에 비춰진 토리아 지국장은 그 몇 명 중에 속해 있었다. 월터의 지위를 알고 있는 상황에서, 그의 요청을 거부한다는 것은 거의 불가능한 일이었다. 그만큼 그의 신분은 지고한 것이었으니까.

「알겠습니다, 월터님. 알카사스 쪽에서 군침을 흘릴만한 인물이라면 서부지부장이 딱이겠군요. 알카사스 쪽 첩보망과 연계해서 일을 해왔던 만큼, 알카사스 쪽도 서부지부장의 존재에 대해 어느 정도까지는 파악하고 있을 겁니다. 만약 그런 그가 나타

났다는 걸 알기만 하면 모두들 눈에 불을 켜고 달려들겠지요.」

"그럼 서부지부장으로 부탁하겠네."

「예, 그럼 미끼는 그로 하기로 하고…, 그런데 마법사가 문젭니다. 월터님의 눈에 찰만찬 쏠 만찬 마법사가 없어서 말이지요.」

유사시에 혼자도 아니고 동행까지 데리고 탈출한다는 게 그리 쉬운 일은 아니다. 평온한 마음으로 주문을 외우는 것도 아니고, 급박한 상황에서 실행해야 하니까. 더군다나 탈출시켜야 하는 사람이 토리아 지국에서 꽤나 중요한 위치에 있는 사람인 만큼, 그의 안전은 아주 중요했다.

잠시 궁리하던 지국장이 조심스레 제안했다.

「3일 정도만 기다려 주실 수는 없겠습니까? 본국에 증원을 요청해 보도록 하겠습니다.」

"그렇게까지 오래 기다리고 있을 수는 없는데……."

「그, 그러십니까?」

이런 상황에서 지국장이 아무리 머리를 쥐어짜 봐도 떠오르는 인물은 단 한 명밖에 없었다. 이곳 토리아 지국에 배치된 이후, 줄곧 통신실을 지켜온 파벨이라는 여자 마법사였다. 변방에 배치된 것치고는 꽤나 실력이 있음에도 불구하고 중용되지 못하고 있던 이유는 첩자로 투입하기에는 치명적인 문제가 있었기 때문이다. 조금만 심문을 가해도 눈물을 질질 흘리며 어렸을 적 기억부터 시작해 모든 걸 술술 불 것 같은 그런 심약한 인물을 어떻게 써먹을 수 있겠는가.

하지만 이런 상황이라면 괜찮을 듯싶었다. 무려 근위기사씩이나 되는 인물과 함께 가는 것인 만큼, 적에게 포로로 붙잡혀 심문당할 염려는 없을 테니까.

「그렇게까지 말씀하시니 한 명 빼 보도록 하겠습니다」

"부탁하네."

「1시간 내로 그곳에 도착할 수 있도록 처리해 드리겠습니다」

돼먹지 못한 집안의 자제

35

암살계의 노선배

마법사 파벨은 후들거리는 다리를 억지로 추스리며 지국장 앞에 부동자세로 꼿꼿이 섰다. 지금껏 이렇게 높은 지위의 간부와 얼굴을 맞대고 대화한 적이 단 한 번도 없었기에 그녀는 적잖이 긴장하고 있었다.

"찾으셨다고 들었습니다, 지국장님."

집무실에 들어오기 전에 수십 번을 되뇌었던 말이었기에 첫인사는 무사히 마칠 수 있었다. 하지만 지국장은 그녀가 건넨 필사의 인사를 받는 둥 마는 둥 하며 곧바로 용건부터 꺼냈다. 상부에서 높으신 분이 오셨는데, 그분을 보좌하여 임무를 수행하고 오라는 것이었다.

"잘해낼 수 있을 거라고 믿네. 그런데 자네…, 외근은 이번이 처음이지?"

"옛, 지국장님."

"그분께 절대로 실례를 범해서는 안 돼. 자칫하면 자네 목은 물론이고, 내 목까지 날아가는 수가 있으니까. 알겠나?"

눈앞의 지국장과 마주하는 것만으로도 정신이 혼미할 지경인데, 그런 지국장의 목을 날려버릴 수 있는 높은 지위의 사람이라니……. 파벨은 자신도 모르게 마른침을 꿀꺽 삼키지 않을 수 없었다. 그런 그녀를 보며 지국장은 한숨을 푹 내쉬었다.

'멍청한 인사처 새끼들! 이런 여자를 최전방 지국으로 보내면 어쩌자는 거야? 적당한 연구소에서 연구나 하는 그런 곳에 보낼 것이지.'

하지만 지금은 그런 걸 가지고 파벨을 탓할 때가 아니었다. VIP를 보좌함에 있어, 자신이 지닌 능력을 충분히 발휘할 수 있도록 잘 다독여 주는 게 우선이었다.

"그리 어려운 일은 없을 테니 너무 걱정하지 않아도 될 거야."

"……."

"임무에 필요한 물품들은 뮐러가 준비해 줄 걸세. 자네는 너무 긴장히지 말고, 그저 VIP께서 지시하시는 대로만 하면 돼. 자네가 지닌 능력이라면 그다지 어려운 일은 없을 테니 너무 걱정할 필요가 없어. 알겠나?"

"예……."

"그럼 나가 보게."

나가라는 말에 파벨은 찍소리도 못하고 곧바로 지국장의 방에서 물러 나왔다. 방금 전에 지국장에게서 무슨 얘기를 들었는지 하나도 생각이 나지 않았고, 그저 가슴만 벌렁거리고 있었다.

방 밖으로 나오자 뮐러라는 사내가 대기하고 있었다. 지국장의 비서와 같은 역할을 하고 있는 인물이다.

"나를 따라오게."

뮐러는 그녀를 창고로 데리고 가서 여러 물품들을 지급받을 수 있도록 해줬다. 가죽옷 상하의와 그 위에 착용하는 가죽갑옷. 그리고 우아한 디자인의 가죽부츠. 허리에 차는 검대와 30cm 길이의 단검 1자루. 작은 배낭 속에는 휴대용 물통과 비상식량은 물론이고 야영에 필요한 소소한 물품들까지 들어 있었다. 아마도 첩자들에게 지급되는 야영물품 세트인 모양이다. 그런데 그 모든 것들이 한눈에 봐도 하나같이 값비싸 보이는 것들뿐이었다. 첩자에게 보급해 주는 기본 장비가 이렇게까지 고급이라는 데 파벨은 놀라움을 감추지 못했다.

마지막으로 뮐러는 제법 묵직한 돈주머니 하나를 건네주며 말했다.

"이건 경비일세. 혹, 필요한 물품이 있을지도 모르기에 넉넉하게 넣어 놨으니 부족하지는 않을 게야. 지출내역은 제출하지 않아도 무방하니, 필요한 게 있으면 망설이지 말고 경비로 쓰도록 하게."

"예, 뮐러님."

지금껏 단 한 번도 외근을 뛰어본 적이 없었던 파벨이었기에, 외근을 나가게 되면 으레 이런 식으로 장비들을 지급받게 되는 것인 줄만 알았다. 하지만 사실은 그게 아니었다. 외근에 필요한 물품들은 각자가 필요에 따라 외부에서 구입해서 쓴 다음, 반드시 지출 내역서를 제출하게 되어 있었다.

이곳 창고에 보관되어 있는 물품들은 예전에 한 번 이상 사용되었던 것들이었다. 더 이상 쓸 필요가 없는 물품들은 임무를 종료하면서 곧바로 처리해 버리지만, 나중에 사용하게 될 가능성이 큰 것들은 이렇게 따로 보관해 두게 된다. 파벨은 그런 물품을 지급받은 것이다.

자신의 방으로 돌아가 지급받은 옷으로 갈아입던 파벨은 곧바로 이상한 점을 발견했다. 어둑한 창고 안에서 얼핏 봤을 때는 상당히 고급한 질감의 가죽옷이라고만 생각했었는데, 직접 입고 보니 그게 아니었던 것이다. 필요 이상으로 쫙 달라붙어 몸의 굴곡을 여실히 드러내고 있었다. 더군다나 가슴부분은 그 정도가 너무 심했다.

"세상에! 이런 걸 입으라니……."

그 순간, 파벨은 자신의 임무가 어떤 것인지 깨달았다.

『VIP를 보좌하여 임무를 수행하라.』

『절대로 실례를 해서는 안 된다.』

『잘못하면 너는 물론이고, 내 목도 날아간다.』

그런 지시를 내리면서 이런 야한 옷을 지급하다니. 그 의도가 너무나도 뻔하지 않은가. 일순 파벨의 안색은 치욕감에 새빨갛게 달아올랐다.

하지만 그건 그녀의 착각이었다. 이번 임무만 끝나면 장비를 더 이상 쓸 필요가 없는 파벨이었기에 따로 장비를 사 줄 필요를 못 느꼈고, 마침 창고에 그녀의 치수에 맞는 여자 장비가 있었기에 지급해 줬던 것뿐이었다. 예전에 그 장비가 미인계를 위해 사용되었다는 것쯤은 뮐러에게 문제될 게 없었다. 어차피 자기가 입을 것도 아니고, 파벨이 입을 것이었으니까…….

이런 상황에서 VIP라는 인물을 만났으니, 파벨의 VIP에 대한 첫인상이 좋을 수가 없었다.

'이 인간이 그렇게 지위가 높은 인물이라는 말이지? 지국장이 설설 길 만큼 그렇게 높은 사람처럼은 보이지 않는데…….'

이제 겨우 30대 초반, 많이 봐줘야 후반쯤으로밖에 보이지 않는 순해 보이는 인상의 사내였다. 더군다나 몸 전체를 허름한 옷가지로 감싸고 있었기에 전혀 VIP처럼 보이지도 않았다. 발목까지 내려오는 빛이 바랜 회색빛의 두터운 로브 밑으로 낡은 가죽부츠의 코가 살짝 보인다. 그리고 장식용인지, 아니면 자신이 있어서 지니고 있는 것인지는 모르겠지만, 허리에는 장검을 한 자루 차고 있다. 물론, 수수한 형태의 검이었다.

첩자들과 직접 만나본 적은 없지만, 통신을 나눈 것은 몇 번 있었다. 수정구를 통해 봐 왔던 첩자들과 VIP가 비슷한 행색을 하고 있다는 데 파벨은 약간이나마 마음을 놓을 수 있었다. 새파랗게 젊은 모습을 보면, 아무래도 높은 집안의 자제인 게 확실했다. 그런데도 제대로 된 복색을 갖춰 입고 있는 걸 보면, 그나마 상식이라는 게 있는 인간인 모양이다. 알카사스로 침투하는 첩자가 눈에 확 띄는 호화로운 복장을 하고 있다면, 그야말로 자신의 목숨의 안전부터 걱정해야 했을 테니까. 최소한 유서는 써놓고 가지 않아도 되니, 그것만 해도 어딘가…….

단 한 가지 옥의 티라면, 깨끗하게 다듬어져 있는 머리카락이 옷차림과 전혀 어울리지 않는다는 점이었다. 웬만한 사람이라면 그러려니 하고 넘어갔겠지만, 첩자들의 경우 저런 식으로 모험가 분장을 했다가는 상관에게 호되게 야단맞았으리라. 대개의 모험가들은 머리카락이 길어지면 자신이 직접 거울을 보며 가위로 잘라버렸기에 저렇게까지 단정하기는 힘들었기 때문이다.

"이쪽은 파벨 요원입니다. 알카사스에 대해서 그리 무지한 건 아니니 제법 도움이 되실 겁니다."

VIP에게 파벨을 소개한 것은 40대 후반쯤의 옆집 아저씨처럼 보이는 평범한 인상의 중년사내였다. 파벨은 그가 토리아 왕국 서부지부에 구축되어 있는 첩자망의 총책이라는 것을 이미 알고 있었다. 물론, 그와는 통신용 수정구를 통해 몇 번인가 대화를 나눠봤을 뿐, 실제로 직접 보는 것은 이번이 처음이었다.

"파벨이라고 합니다. 잘 부탁드립니다."

최대한 환하게 미소 지으며 VIP에게 인사를 건넸건만, 그녀의 기대와 달리 사내의 표정은 썩 밝지 않았다. 그는 내키지 않는다는 듯 퉁명스런 어조로 대꾸했다.

"월터라고 한다."

월터는 함께 가야 하는 마법사가 여자라는 게 마음에 들지 않았다. 한 방에서 둘이서만 생활해야 하는 만큼, 껄끄럽지 않을 수 없었던 것이다. 그렇다고 근위대 동료처럼 서로 친한 사이도 아니었고……. 남자였으면 딱 좋겠지만, 지국장의 눈치를 보자니 찬밥 더운밥 가릴 수 있는 처지가 아닌 듯했기에 이의를 제

기할 수도 없었다.

하지만, 그런 월터의 반응을 파벨은 다르게 받아들였다. 상대의 표정으로 봤을 때, 뭔지는 모르겠지만 자신에게 불만이 있음에 틀림없다. 파벨은 월터가 눈치채지 않도록 살짝 고개를 숙여, 자신이 지금 입고 있는 옷차림을 훑어보며 재차 확인하지 않을 수 없었다.

파벨은 보급받은 야하기 짝이 없는 옷을 감추기 위해 잡화점에서 검정색 로브를 사서 뒤집어썼다. 어쩌면 이게 월터라는 VIP의 마음에 들지 않았던 것인지도 모른다.

'지금이라도 로브를 벗어야 하나?'

파벨이 내심 갈등하고 있을 때였다. 월터가 입을 연 것은.

"야숙을 하게 될지도 모르는데 준비는 단단히 해 왔나? 아무래도 로브의 두께가 좀 얇은 거 같은데……."

"괜찮습니다, 월터님."

파벨이 대답하자마자 서부지부장이 끼어들었다.

"바로 출발하셔도 될 것 같습니다, 월터님. 지금 출발하시면 내일 점심때쯤에는 국경을 넘으실 수 있을 겁니다."

"알카사스 쪽에는 연락을 해 놨나?"

"예, 염려하실 것 없습니다. 시간에 맞춰서 마중을 나올 겁니다."

알카사스 쪽에서 정보가 샐 것을 염두에 둔 통보였지만, 파벨은 둘이서 나누는 대화의 속뜻까지는 알 수가 없었다. 다만 내일 점심때쯤에는 알카사스로 들어가게 될 것이라는 것 정도만

이 그녀가 둘의 대화를 통해 알아낸 전부였다.

파벨은 자신이 맡은 바 임무를 다하려고 했다. 하지만 국경선까지 가면서 그녀가 한 일이라고는 전혀 없었다. 모든 잡무 처리는 서부지부장인 상관이 재빨리 처리해 버렸기에, 그녀에게까지 기회가 오지 않았기 때문이다. 토리아 왕국 서부지부의 첩자망을 총괄 지휘하는 중책에 임명된 이유가 뭔지를 알 수 있게 해 주는 능력이었다.

국경 근처 여관에 도착한 후, 서부지부장이 방 2개를 달라고 하는 걸 옆에서 들으며 그녀는 마침내 자신이 해야 할 일이 생겼다고 느꼈다.

'사랑하는 사람과 첫날밤을 함께하고 싶었는데……. 싫다고 반항하면 목이 날아가려나? 인상은 그렇게 안보이던데, 엄청 여자를 밝히는 놈인가 보네.'

불안에 떨며 내심 월터에 대한 욕설을 늘어놓고 있을 때였다. 약간 뚱한 표정으로 서 있는 파벨에게 서부지부장이 말을 걸어왔다.

"내근만 하다가 밖에 나오니 피곤하지?"

서부지부장은 열쇠 한 개를 건네주며 말을 이었다.

"올라가서 잠시 쉬도록 하게. 식사는 30분 후에 할 거니까, 늦지 않도록 내려오고."

"예, 안스님."

방으로 올라가며 파벨은 고개를 갸웃하지 않을 수 없었다. 뭘 어떻게 하라는 건지 명확하게 지시를 해야 그에 따를 게 아닌가. 뭐, 어쨌거나 지금은 월터가 자신을 덮칠 생각이 없는 것 같으니 시간이 있을 때 조금이라도 쉬어두는 게 좋겠다고 파벨은 생각했다.

저녁식사 후, 자신의 방으로 올라간 파벨은 겁에 질린 눈빛으로 몸을 웅크리고 있었다. 언제 월터가 자신의 방으로 들어올지 알 수가 없었기 때문이다. 지금은 서부지부장과 한잔 마시며 대화를 나누고 있었지만, 취기가 오르면서 여자 생각이 나면 곧바로 달려 들어오리라.

하지만…, 그녀의 우려와 달리 그날 그녀의 방을 찾은 사람은 아무도 없었다.

다음날, 새벽 일찍 일어나 식사를 마친 후 또다시 길을 떠났다. 그리고 점심때쯤 되었을 때는 서부지부장이 예측한 대로 국경 근처에 도착할 수 있었다.

"저는 이만 가보겠습니다, 월터님."

"그래, 수고해 주게."

"저로서는 월터님께 도움이 될 수 있다는 게 영광입니다. 그럼, 이만……."

서부지부장이 월터에게 작별인사를 하는 것을 보며, 파벨은 드디어 때가 왔다고 생각했다. 어젯밤 자신을 부르지 않은 것은, 서부지부장이라는 존재가 마음에 걸렸기 때문이리라. 하지만 단둘이 되는 오늘부터는 거리낌 없이 자신을 덮쳐 오지 않을까?

'젠장, 능력이 모자라다 보니 별 거지같은 짓을 다 해야 하네……'

파벨은 자신이 배부른 투정을 하고 있다는 것을 잘 알고 있었다. 운이 좋아서 지금까지는 통신실에서만 일하고 있긴 했지만, 지국에 소속된 첩자들이 얼마나 큰 희생을 치르며 정보를 수집하고 있는지 그녀가 모를 수가 없는 것이다. 몸 정도 바치는 것쯤은 희생 축에 들어가지도 못했다.

그걸 잘 알면서도 입맛이 씁쓸한 이유는 그들은 국가를 위해서 한 희생이었고, 자신은 높으신 분의 돼먹지 못한 자제의 한순간 쾌락을 위해서 그 짓을 해야 한다는 것 때문이었다.

파벨의 기대(?)와는 달리 월터는 그녀의 몸에 손가락 하나 대지 않았다. 서부지부장과 헤어진 후, 파벨은 한동안 바짝 긴장한 채 월터의 눈치만 살폈다. 언제 월터가 자신에게 '신호'를 보내 성적 욕구를 채우려고 할지 알 수가 없었기 때문이다.

하지만 보는 눈이 사라졌음에도 불구하고 월터는 자신에게 손가락 하나 까딱하지 않았다. 아니, 그것만이 아니었다. 상대를 자세히 관찰하고 있다 보니, 한 가지 확실하게 와 닿는 게 있었다.

월터가 자신을 굉장히 껄끄러워하고 있다는 것……

첫 대면에서 받았던 그 느낌이 결코 잘못된 것이 아니었던 것이다.

'나를 싫어하는 게 분명해. 왜?'

밀폐된 통신실에서 수면부족으로 눈 밑에 다크서클이 생길 정도로 혹사당하고 있다 보니, 운동은커녕 햇볕을 쬐며 산책 한 번 하기도 힘들 정도였다. 몸매 관리를 제대로 못한 건 자신도 인정하지만, 그녀에게는 마법사만이 할 수 있는 비장의 수법이 있었다. 일반인과는 골격부터가 다른 것이다. 화장만 쪼~금 더 찐하게 하면 완벽에 가깝게 변신이 가능했다. 그런 자신을 싫어할 수 있는 사내가 감히 존재할 거라고는 단 한 번도 생각해 본 적이 없었다.

이때, 그녀의 뇌리에 번쩍하고 떠오르는 게 있었다. 여자 마법사의 현란한 미모에 전혀 속아 넘어가지 않는 족속이 있다는 것을.

그것은 바로 남자 마법사였다. 그들은 그 사기적인 수법의 비밀을 아는 것은 물론이고, 직접 사용할 줄도 알고 있었다. 더군다나 아카데미부터 시작해서 지금까지 수도 없이 많은 여마법사들을 만나봤을 테니 미모에 대한 내성 또한 최고 등급에 다다른다.

파벨은 마음속 깊은 곳에서 터져 올라오는 안도의 한숨을 푹 내쉬지 않을 수 없었다.

'에휴~ 마법사인가? 하기야…, 그럼 모든 게 설명이 되지. 허리에 차고 있는 저 검도 일부러 상대의 방심을 유도하기 위해 차고 있는 걸 거야. 맞아. 그러니까 검만 차고 있지, 가죽갑옷조차 입고 있지 않잖아. 그럼 이게 뭐야……?'

생각하기 싫어도 파벨의 머리는 빠른 속도로 돌아가기 시작했다. 월터가 마법사라면, 그것도 상부에서 파견되어 나온 마법사라면 자신보다 훨씬 더 실력이 좋을 것은 뻔한 사실. 그런 그가 왜 자신을 데리고 알카사스의 국경을 넘으려고 하는 것일까? 그것도 통신실에서 잡무나 맡고 있던 삼류 마법사를…….

이렇게 되면 그 용도는 뻔해진다. 어딘가의 희생양으로 써먹을 작정이리라. 안 좋은 방향으로만 자꾸 생각이 흘러가자 파벨은 애써 고개를 가로저으며 생각의 방향을 바꾸려 했다.

'설마~, 기분 탓이겠지. 저 사람이 마법사라는 건 순전히 내 짐작일 뿐이니…….'

하지만 그녀의 망상은 더욱더 안 좋은 방향으로 발전해가고 있었다. 이건 썩 좋지 않은 현상이라는 걸 파벨도 알고 있었다. 하지만 자신의 생각을 멈출 수가 없었다. 확인해 보면 모든 게 명확히 정리되겠지만, 문제는 월터가 마법사라면 마법을 써서 탐색하려는 순간, 역으로 포착당할 가능성이 크다는 것이다. 그 문제를 어떻게 해결하면 될까?

이도저도 못하고 월터의 눈치만 살피며 그의 뒤를 따라가고만 있을 때였다.

"국경을 넘은 후부터는 위험한 인물은 없는지 주위를 지속적으로 탐색해서 확인하도록 해라. 특히, 서부지부장 주변의 인물들에 대한 탐색을 게을리하지 말도록."

"명심하겠습니다."

월터의 허락이 떨어진 만큼, 파벨은 주저하지 않고 곧장 탐지 마법을 펼쳤다. 뷰 마나 포스와 뷰 매직 포스. 그걸 통해 주변을 훑어보는 한편, 그녀는 월터의 모습도 살짝 훔쳐봤다. 그런데 아무런 변화도 느낄 수가 없었다. 대탐지마법으로 몸을 감싸고 있음에 틀림없었다.

월터가 마법사임을 확인하는 순간, 파벨은 억장이 무너지는 듯했다. 성 상납을 하지 않아도 되는 건 좋았지만, 이젠 미끼로 내던져져 생명의 위험을 겪어야 할 차례였으니까.

'젠장!! 역시 내 생각이 맞았잖아.'

실력 있는 마법사라 할지라도 대탐지마법을 하루 종일 실행시켜 몸을 감추고 있는 건 가능해도, 탐지마법을 하루 종일 실행시키는 건 거의 불가능했다. 탐지하려는 범위가 넓어지면 넓어질수록 더욱 많은 마나를 필요로 했기 때문이다. 아마 월터가 자신에게까지 탐지마법을 사용하라고 한 건 그 때문일 거라고 파벨은 짐작했다.

호오, 인재를 발견했군

35

암살계의 노선배

월터는 예전에 자신이 그랬던 것처럼 서부지부장 혼자 여관에 묵도록 조치했다. 그런 다음 그 여관 주변 일대를 감시하기에 좋은 위치에 있는 여관에 자리를 잡았다. 이번에는 전과 같은 실수를 되풀이하지 않기 위해 마법사도 한 명 데리고 왔다. 급히 수배한 탓에 실력이 좀 미심쩍긴 했지만, 어쩔 수 없었다. 이런 변방에서 기사단에 배치될 정도의 실력을 갖춘 엘리트 마법사를 바란다는 것은 무리였으니까.

'뭐, 실력은 어쨌거나 눈은 즐겁군.'

월터는 가급적 모든 걸 좋게 생각하려고 노력했다. 하지만 지금 이 상황에서 얼굴만 예쁜 여자와 함께 있다는 게 전혀 도움이 안 되니, 마음과는 달리 계속 짜증이 치밀고 있었다. 더군다나 비좁은 여관에 함께 기거해야만 한다는 게 그를 더욱 짜증스럽게 만들고 있었다. 적이 언제 습격해 올지 알 수가 없는 만큼, 파벨을 따로 묵게 할 수도 없었기 때문이다.

이럴 줄 알았다면 무리해서라도 남자 마법사를 보내달라고 떼를 써 볼 걸 그랬다는 생각이 들었다. 하지만 지금 당장 지원해 줄 수 있는 마법사가 눈앞에 있는 이 여자뿐이라는 데야 어쩌겠는가.

'흐유~~, 좋게 생각하자, 좋게 생각해……. 눈은 즐겁잖아, 눈은. 이런 젠장!!'

월터는 기분전환을 위해 파벨에게 질문을 던졌다.

"어때? 아직도 뭔가 느껴지는 게 없어?"

월터가 아무리 뛰어난 검술의 고수라고 해도, 주변 전역을 탐색하는 데는 마법사의 발끝도 따라갈 수가 없었다. 왜냐하면 마법사에게는 광범위 탐색마법이라는 게 있었으니까. 더군다나 마법사의 경우, 마나는 물론이고 마법의 기운까지 읽을 수 있었다.

파벨 또한 월터처럼 자신의 기척을 감추는 마법을 운용하고 있는 중이다. 거기에 지속적으로 마나를 쏟아 부어야 했기에, 파벨이 쓸 수 있는 마법은 극히 제한적이었다. 간단한 탐색과 통신 정도밖에 할 수 없었다. 하지만 월터로서는 그것만 해도 충분했다. 그녀에게 그것 이상 원하는 건 없었으니까.

"월터님께서 신경 쓸 만한 존재는 아직 하나도 없습니다."

무역로 상에 위치한 마을인 만큼 수많은 사람들로 북적거리고 있었다. 상인도 많았지만, 그들을 호위하기 위한 용병들도 많았다. 저 인파들 속에 배신자가 보낸 마법사나 기사들이 언제 스며들어올지 알 수가 없는 것이다.

이럴 때는 조바심을 내서는 안 된다. 느긋한 마음으로 최고의 컨디션을 유지하며 기다리는 쪽이 승리한다. 그걸 잘 알면서도 월터는 자신의 마음을 억제하기가 힘들었다. 그는 자신이 이 마을에서 이렇게 오랫동안 기다리게 될 거라고는 생각조차 하지 못했다. 이곳에 자리 잡은 지 벌써 일주일이 넘었지만, 그 어떤 이상 징후도 포착되지 않고 있었던 것이다.

'설마 놈들이 아직 냄새를 맡지 못한 건 아니겠지? 아니야. 그건 아닐 거야. 이렇게 허술하게 미끼를 데리고 나왔는데, 모른다면 첩자로서의 자격이 없는 놈들이겠지. 혹시 조심성이 많은 놈인가? 아니면 함정이라는 걸 눈치챈 건가? 얼마 전에 그렇게 많은 인원을 동원했는데도 실패했으니 이번에는 확실하게 성공시키기 위해 공을 들이고 있는 걸지도 모르지.'

상대가 얼마나 많은 전력을 동원할지, 그에 대한 걱정은 전혀 하지 않았다. 무슨 짓을 하더라도 자신 한 몸 도망치는 건 자신이 있었기 때문이다. 그리고 지국장이 추천한 만큼, 파벨이라는 여 마법사 또한 맡은 일은 충분히 완수를 해 줄 거라고 월터는 믿고 있었다. 파벨이 실전이라고는 단 한 번도 겪지 않은 완전 생초보라는 걸 모르고 있었던 것이다.

"일단 밥이나 먹으러 내려가자. 우리가 기다린다고 해서 안 올 놈들이 오는 건 아니니까."

"예, 월터님."

할 일도 없는데 부하라고 하지만 미인과 한방에 앉아있어 봐야 마음만 싱숭생숭해지기에 월터는 식당에서 보내는 시간이 많았다. 그렇다고 식당에 앉아있는 게 시간 낭비만은 아니었다. 식당에 들어오는 손님들로부터 이런저런 소문들을 주워들을 수 있었기 때문이다.

기분전환 겸 내려갔던 식당에서 월터는 꽤 재미있는 정보를 엿들을 수 있었다. 손님들로 가득 찬 식당 안은 소란스러웠고, 그들은 나름대로 주변 사람들이 엿듣지 못하도록 목소리를 낮춰 대화를 나누고 있었다. 하지만 월터의 귀를 피해가지는 못했다.

"아깝게 됐어."

"여왕벌은 최고의 중개인이었는데 말이야."

"나는 도저히 이해가 가지 않아. 아무리 지하 조직들 간의 세력다툼이라고 해도 그렇지. 중무장한 사내 수십 명이 지키고 있는 거점을 하룻저녁 사이에 씨몰살을 시킬 수 있다는 게 가능이나 한 일이야? 그것도 그쪽 요새의 주둔군은 모두 다 그놈들 편이나 다름없는 상황인데 말이야."

"아직 흉수가 누군지도 밝혀내지 못했다면서?"

"흉수를 잡아낼 때까지 요새 내에 있는 사람은 단 한 명도 밖으로 나가지 못하도록 틀어막고 있다고 하더군. 그 때문에 거기 들어갔다가 발 묶인 사람이 한둘이 아냐."

"밀무역 좋아하더니 그거 쌤통이네. 큭큭……."

그 외에도 이런저런 잡다한 얘기가 오고 갔는데, 그중에서 월터의 관심을 잡아끈 게 바로 '여왕벌'에 대한 얘기였다.

"여왕벌?"

궁금증을 참지 못한 월터는 파벨을 향해 슬쩍 물었다.

"혹시, 여왕벌이 누군지 아는 거 있어? 최고의 중개인이었다고 하는데 말이야."

대답이 돌아올 걸 바라고 질문을 던진 건 아니었다. 식탁을 사이에 두고 마주 앉아있는 상황에서 딱히 할 얘깃거리가 없었기에 던진 질문이었다.

그런데 의외로 파벨은 고개를 끄떡이며 낮은 목소리로 대답했다.

"예. 이웃한 다란튬 영지의 가장 북쪽에 위치한 자그마한 요새도시 델카의 암흑가를 휘어잡고 있는 인물이에요. 샐러맨더파라고 다란튬에 본거지를 두고 있는 깡패조직의 핵심 간부이기도 하고, 그가 운영하는 사업체가 '여왕벌의 둥지'라는 고급 술집이기에 그를 여왕벌이라는 별칭으로 부르고 있다고 들었습니다."

제법 상세한 내용이었다. 파벨이 하던 일이 알카사스 쪽에서 수집된 정보를 처리하는 것이었기에 가능한 일이었다. 파벨은 알카사스 쪽 정보에 대해 상당히 많은 걸 알고 있었고, 월터를 보좌해 알카사스로 오게 된 것도 그런 이유 때문이었다.

월터로서는 어이가 없었던 게 여왕벌이라는 별명을 가지고 있는 게 매력적인 여인이 아니라 시커먼 사내놈이었다는 것이다.

'이 여자가 아니었다면 커다란 착각을 할 뻔했군.'

파벨이라는 존재가 약간이기는 하지만 마음에 들기 시작한 월터였다. 그런데 파벨의 설명을 다 들은 월터는 고개를 갸웃하지 않을 수 없었다. 다른 거라면 몰라도 격투 쪽에 있어서는 일가견이 있는 그였으니까.

"이해할 수가 없네."

"뭐가 말씀이십니까? 뛰어난 실력을 지닌 어쌔신이라면 한 명만 보내도 깡패들 따위야 쉽게 쓸어버릴 텐데요."

월터는 고개를 가로저으며 대꾸했다.

"물론 그 말이 옳아. 하지만 그 정도 실력이 있는 놈이라면 변두리 깡패들 패싸움에 동원하기에는 몸값이 너무 비싸거든. 그런데 자네 얘기를 들어보니 그렇게까지 엄청난 자금을 동원할 만한 상대는 없는 것 같은데……?"

"밀무역자들의 상당수가 다란툼 영지 인근을 애용하고 있어요. 거기에 주목해서 대도시의 조직이 군침을 흘린 거라면, 실력 있는 어쌔신을 고용할 수도 있지 않을까요?"

"물론, 그럴 수도 있지. 하지만 여왕벌과 그 둥지만 파괴한다고 해서 그걸 흡수할 수 없으니, 그게 문제지. 그가 샐러맨더 파의 보스라면 얘기가 다르겠지만, 그는 다란툼의 일개 지부장일 뿐이잖아? 아무리 생각해도 아귀가 안 맞는단 말씀이야……."

왠지 궁금하기 짝이 없었다. 안 그래도 심심하던 월터였기에, 잠시 짬을 내서 그곳에 갔다 와도 괜찮을지 궁리를 해 봤다. 이웃 영지인 만큼 짧으면 하루, 늦어도 이틀이면 충분할 것이다.

물론 덫을 놓은 상황에서 지금이 꽤 중요한 시기라는 것쯤은 그도 잘 알고 있었다. 하지만 그의 목적은 미끼를 포획하러 온 자들과 싸우는 게 아니었다. 그들의 뒤를 추적하여 이 일에 어떤 자들이 관여하고 있는지 그것을 알아보려는 것이다. 더불어 이쪽의 정보를 팔아넘기는 배신자들이 누군지까지 알아내면 금상첨화라고 할 수 있었고.

그런 만큼 현 상황에서는 파벨만 있어도 충분하다고 봐야 했다.

"다란툼이 여기서 그리 멀지 않다고 했지?"

"예, 월터님."

"무슨 일인지 잠깐 다녀오겠다. 그동안 내가 없어도 괜찮겠지?"

심심했던 월터가 잠시 바람이나 쐬겠다고 세운 즉흥적인 계획이었지만, 파벨은 그걸 다르게 받아들였다. 상대는 고위급 마법사. 그리고 그가 자신을 이리로 데리고 온 것은 미끼로 쓰기 위해서라고 그녀는 생각하고 있었으니까.

그 때문에 월터의 말을 듣고 파벨은 이제 자신을 미끼로 쓰기 위해 버리려 한다고 생각하고는 살며시 입술을 깨물었다. 속셈을 뻔히 아는데 저렇게 능청스럽게 둘러대다니……. 가증스럽기 짝이 없었다.

하지만 계급이 깡패라고, 말단인 그녀로서는 단 한 마디도 불만을 털어놓을 수 없었다. 소심한 것도 있었고.

"알겠습니다, 월터님."

"내일 점심때쯤에는 돌아올 거야. 혹시 좀 더 걸릴지도 모르겠지만, 그리 많이 늦어지지는 않을 거야."

"알겠습니다."

"만약 수상쩍은 놈이 나타나면 괜히 나서지 말고 은밀히 뒤를 쫓는 정도만 하도록 해. 위험하다고 판단되면 그것도 하지 않아도 되고."

"……"

더 이상 장단을 맞춰 주기에도 짜증이 난 파벨은 그냥 입을 꽉 다물었다. 속셈을 뻔히 아는데 뭘 저렇게 잔소리가 많단 말인가. 그냥 나가면 될 것을.

하지만 그런 파벨의 속마음을 알 리 없었던 월터는 자리에서 벌떡 일어서며 쾌활하게 말했다.

"그럼 다녀올게. 망 잘 보고 있어. 무슨 일 있으면 바로 연락하고."

월터의 모습이 사라진 후에도 파벨은 그가 나간 쪽을 불안한 눈빛으로 계속 바라보기만 했다.

"별 이상은 느끼지 못했는데…, 저 사람은 뭔가를 눈치챘단 말인가? 이렇게 서둘러 떠나는 걸 보면……"

겉보기에는 상당히 쾌활한 사내였다. 그리고 아주 점잖은 신사였고. 단둘이 그토록 오랜 시간을 함께 했음에도 불구하고, 오해를 살법한 말은 물론이고 음흉스런 눈길조차 보내지 않았었다. 만약 상대의 속셈을 몰랐다면 꽤나 괜찮은 사내라고 착각했으리라.

"일단 올라가서 대비를 좀 해야겠어. 앉아서 죽을 수는 없는 노릇이니까."

파벨은 만일의 사태에 대비해 잡화점으로 가서 말린 육포와 햄, 그리고 맛있어 보이는 빵을 구입하고 곧바로 자신의 거처로 돌아갔다. 오늘 밤은 잠자긴 틀렸다고 생각하면서……

라이는 아버지에게 검술을 배울 때 오로지 반복 숙달만이 최고라고 배웠다. 그로 인해 어렸을 때부터 전혀 의미도 없어 보이는 동작을 하루에도 수백, 수천 번씩 수도 없이 되풀이해야만 했었다.

처음에는 반발도 많이 했지만, 얼마 지나지 않아 라이는 깨달았다. 왜 이런 식의 훈련을 해야만 하는 것인지를. 무수한 반복 숙달로 인해 자신이 점차 강해지고 있다는 것을 친구들과의 대련을 통해 체감할 수 있었기 때문이다.

진짜 무기를 가진 채 대련이 시작되면 단 한 번의 실수만으로도 생사가 갈린다. 지금까지 그가 받았던 훈련은 일 검으로 수십 명을 벨 수 있는 그런 엄청난 비기(秘技)가 아니었다. 그저 단순한 동작을 수없이 반복 숙달하며 적시에 그 동작을 반사적으로 행할 수 있도록 하는 것이었다. 적의 공격이 있을 때, 자신도 모르게 피하고 또 반격을 할 수 있게 해 주는 그 저력. 그건 오랜 세월 아버지의 잔소리를 들어가며 반복해서 검을 휘둘렀었던 결과물이었다. 그리고 그게 지금껏 그의 목숨을 지켜주고 있었던 것이고.

지금까지 라이는 검술이라는 게 그런 것이라고만 알고 있었다. 하지만 꿈속의 검술을 익히기 시작한 후, 자신의 생각이 틀렸다는 것을 알았다. 엄청난 비기…… . 상대도 자신과 동등한 수준의 검술을 익힌 게 아니라면, 알고 있어도 절대로 막을 수

가 없다. 이건 요행으로 어떻게 넘어갈 수 있는 수준의 공격이
아니었던 것이다.

단 한 번의 도약으로 몇 미터씩이나 되는 간격을 단숨에 제로
로 만들어 버린다. 그리고 이어지는 무시무시한 검격! 아름드리
나무조차 간단히 토막 내 버린다. 이 정도면 가벼운 무게로 인
해 흔히들 애용되고 있는 나무와 가죽을 혼용해서 제작되는 가
죽방패 따위는 없는 거나 마찬가지였다. 그리고 웬만한 갑옷조
차도…….

'맞아. 그때 중대장이 성벽 위를 날아가던…, 아니 뛰어 올라
갈 수 있었던 게 바로 그것 때문이었어. 그도 꿈속의 검술을 알
고 있었던 거야.'

올란도도 꿈을 통해 검술을 배웠던 것일까? 아니, 그럴 리는
없다. 어렸을 때 들었던 수많은 영웅담들 중에서 꿈을 통해 검
술이나 마법을 배웠다는 사람은 단 한 명도 없었으니까. 그렇다
면 그는 어디에서 그런 검술을 배웠던 것일까?

여기까지 생각하던 라이는 피식 웃으며 고개를 흔들었다.

'뭐, 그건 내 알 바 아니지. 어디서 배웠건 간에 꿈속에서 이
런 검술을 배웠다고 다른 사람에게 말한다면 미치광이 취급당
할 것만큼은 확실해. 어쨌거나 지금은 이걸 내 것으로 만드는
게 중요해.'

*　　*　　*

라이가 검술의 세계에 점차 눈을 뜨고, 그것을 자신의 것으로 만들기 위해 밤에 건물 위를 뛰어다니고 있을 무렵, 요새도시 델카에 도착한 팔바 일행은 영주 측이 뿌리를 뽑아 줄 것을 부탁한 산적들에 대한 정보를 수집하고 있었다.

델카 주둔군의 고위층과 접촉해 본 결과 영주 쪽에서 말한 산적 무리 안에 샐러맨더 파는 포함되어 있지 않았고, 오히려 그들에게서 도움을 받을 수 있을 거라는 말을 들었다. 그러면서 원한다면 그쪽과의 만남을 주선해 주겠다는 제안까지 했다. 물론 팔바 일행은 그 제안을 흔쾌히 수락했다. 델카로 오는 도중에 만났던 상인들에게 요새 쪽 사정을 미리 들을 수 있었던 게 아주 운이 좋았다고 생각하면서……

면담이 있은 후, 하루도 채 지나지 않아 샐러맨더 쪽에서 팔바 일행에게 사람을 보내왔다. 미리 언질을 받은 게 아니었다면, 주먹패에 소속되어 있을 거라고는 상상도 하기 힘들 정도로 말쑥한 인상의 사내였다.

"듣자하니 산적 토벌을 위해서 오셨다고요?"

"그렇소."

"한발 늦으셨군요. 그놈들은 이미 우리 쪽에서 처리했습니다."

사내의 느닷없는 발언에 팔바는 어이가 없었다.

"그게 사실이오?"

"물론입니다. 천운으로 놈들의 조직에서 권력투쟁이 벌어져서 말이죠. 부두목이라는 놈이 두목을 해치운 모양입니다. 그 때문에 두목 밑에 있던 간부 한 놈이 생명의 위협을 느끼고 우리 쪽에 투항한 것이었죠. 녀석의 말대로 곧바로 쳤었다면 완전히 끝장을 낼 수 있었을 텐데…….”

그러지는 못했다. 그의 말을 제대로 믿지 않았던 탓도 있었고, 여왕벌의 둥지를 습격한 범인들에 대한 탐색에 대규모로 인력이 동원되고 있었던 상황이었기에 그쪽으로 돌릴 인력이 부족한 탓도 있었다.

하지만 적들의 본거지와 판매망을 파괴한 것은 물론이고, 그들이 아직 처분하지 못하고 쌓아 두고 있었던 장물들을 전량 빼앗는 데 성공했다. 그것만 해도 산적 패들의 기반을 뒤흔들 정도의 타격을 입힌 것이었기에 충분히 만족할 만한 성과였다고 할 수 있었다.

그런 상세한 내막을 팔바가 알 리 없었지만, 조직에 배신자가 나왔다면 치명타를 입었을 가능성이 크다는 것쯤은 충분히 예상할 수 있는 일이다. 결국 헛걸음을 한 셈이었기에 팔바는 어이없어했다.

그때, 지금까지 옆에 앉아 가만히 듣고만 있던 마법사 젠느가 끼어들었다. 그녀는 아름다운 얼굴을 차갑게 굳히며 사내에게 쌀쌀한 어조로 물었다.

“그런 얘기를 우리에게 굳이 하는 이유는 뭐지?”

“아, 예. ‘빛의 날개’의 위명은 오래전부터 듣고 있었습니다. 산적 사냥보다 더 좋은 일이 있기에 꺼낸 말이었습니다.”

사실, 이곳에서 암암리에 산적질을 하고 있는 건 블루썬더 패거리뿐만이 아니었다. 그럼에도 그가 산적들이 몽땅 다 토벌된 것처럼 말한 것은 이 제안을 꺼내기 위해서였다. 빛의 날개를 산적 토벌에나 동원하는 건 낭비였으니까.

"일단 어떤 일인지 들어봐야겠는데?"

"당연하죠. 혹, 여왕벌의 둥지에 대한 얘기는 들어보신 적 있으십니까?"

이곳으로 오기 전에 이미 들은 적이 있었기에 팔바와 젠느는 고개를 살짝 끄덕였다. 그러자 사내는 빠른 어조로 말을 이었다.

"오오, 이미 들으셨군요. 그 때문에 저희 보스께서 상심이 이만저만이 아니십니다. 그렇다고 저희들의 힘만으로 어떻게 할 수 있는 상대도 아닌 것 같고 말이지요. 어떻습니까, 그 일을 맡아주실 생각은? 흉수를 잡아주신…, 아니 잡지 못한다 하더라도 그 배후라도 밝혀 주신다면 산적을 토벌하시는 것보다는 훨씬 더 많은 수입을 올리실 수 있을 거라는 걸 제가 보장해 드리겠습니다."

팔바가 막 수락하려 할 때, 젠느가 손을 뻗어 그를 제지한 뒤 자신이 먼저 입을 열었다.

"성급하게 결정할 수는 없고, 현장을 둘러본 후에 결정을 내려도 괜찮을까?"

"현장이라면…, 여왕벌의 둥지 말씀이십니까?"

사내는 난처한 듯 머리를 긁적이더니 말을 이었다.

"이미 현장 정리를 해 버린 후라서 도움이 될 만한 게 남아 있을지……?"

"뭔가 증거물이 남아있을지도 모르는데 설마, 깨끗하게 치워 버렸나?"

"완전히 치워 버린 건 아니고……. 동료들의 시신을 썩게 그냥 놔둘 수는 없는 노릇 아니겠습니까. 그래서 시신만큼은 수습했습니다. 그 외에 다른 건 건드리지 않고 그냥 놔두긴 했지만 말입니다."

그 이후에 많은 일들이 벌어진 탓에 거기까지 신경을 쓰지 못해서 그냥 놔두고 있었던 것이지, 현장을 보존하겠다는 생각으로 놔둔 것은 아니었다. 하지만 이유야 어쨌거나 시체만 치웠다면 둘러볼 가치는 충분히 있었다.

"지금 바로 가볼 수 있겠나?"

"예, 상관없습니다. 따라오시죠."

"이쪽입니다."

사내가 문을 열자, 지하로 내려가는 계단이 보였다. 그가 앞장서서 지하로 내려가려 하자 팔바가 손을 들어 제지했다.

"우리끼리 살펴보면 안 되겠나?"

"안 될 리가 있겠습니까."

사실 팔바 일행들에게는 시체만을 치웠다고 했지만, 이미 돈될 만한 귀중품들까지 모두 다 치워 버린 상태다. 이들이 내려가서 본다고 해 봐야 들고 갈만한 건 하나도 없다는 소리였다. 사건이 일어나고서 시간이 꽤 흐른 후였기에 피비린내는 사라졌지만, 대신에 피가 부패하며 풍기는 악취가 코를 찌르고 있었다. 그런 이유로 지하까지 안내하지 않아도 된다고 하니, 사내로서는 반색하지 않을 수 없었다.

"그게 편하시다면 저는 밖에서 기다리고 있을 테니 천천히 둘러보고 올라오시죠."

"편의를 봐줘서 고맙구먼."

"뭘요. 그럼, 좋은 결과 기다리고 있겠습니다."

계단 아래쪽으로는 불빛조차 없어 짙은 어둠만이 가득했다. 젠느는 마법으로 빛의 구슬을 만들어 눈앞을 밝게 만들었다.

"내려가자."

계단 아래로 몇 발자국도 채 내려가지 않아 그들은 뭔가 썩는 듯한 악취에 인상을 찡그려야 했다.

"도대체 몇 명이나 죽은 거야?"

"그러고 보니 그걸 물어보지 않았네."

"뭐, 내려가 보면 알겠지. 이 코를 찌르는 악취로 보건대, 핏자국까지 깨끗하게 닦아내지는 않은 거 같으니까 말이야."

얼마 지나지 않아 그들은 어디선가 본 듯한 특이한 형태의 시커먼 핏자국을 발견할 수 있었다.

"이, 이건 그 마차에서 봤던……."

"맞아! 그거야. 바로 그 흔적이야! 그렇구나. 이러니까 그런 핏자국이 만들어진 거였어."

벽면에는 검붉은 핏자국과 함께 그물처럼 얽혀있는 깊은 흔적들이 새겨져 있었다. 가까이 가서 그 흔적들을 살펴보려고 할 때 뒤에서 굵직한 음성이 들려왔다.

"마차에서 이런 흔적을 봤다고 그랬습니까?"

"헉!"

아무도 없을 거라고 생각하던 지하에서, 갑자기 등 뒤에서 들려온 목소리에 둘은 기절초풍할 만큼 깜짝 놀랐다. 그들은 재빨리 뒤로 돌아서며 벽면 쪽으로 붙은 뒤 방어태세를 취했다. 마법사인 젠느는 뒤쪽에 서고, 팔바는 그런 젠느를 지켜주듯 그녀의 앞쪽을 막아선 모습이다.

놀랍게도 그들에게 말을 건 사람은 자신들을 이리로 데리고 왔던 사내가 아니었다. 그리고 사건 현장을 지키고 있는 경비도 아닌 게 분명했다. 허름한 옷차림의 용병처럼 보이는 30대 중반대의 사내였다.

"마법 주문을 해제하시죠. 더 이상 주문을 외운다면 땅바다에 패대기칠 수밖에 없으니 말입니다."

팔바가 칼을 빼 들고 있는 것과 달리 사내는 아직 칼을 뽑지도 않은 상태였다. 그런데도 불구하고 중무장을 갖춘 팔바가 자신의 앞에 서 있는 것쯤은 전혀 안중에도 두지 않고 있는 모습이다. 허세일까? 아니면 자신의 실력에 대한 절대적인 자신감일까?

팔바는 흔히 구하기 힘든 값비싼 장비로 완벽하게 무장을 하고 있는 상태. 그에 비해 사내는 갑옷조차 없는 허름한 복장에다가 허리에 차고 있는 검도 싸구려처럼 보였다. 하지만 젠느는 사내를 경시할 수가 없었다.

저 여유는 도대체 어디에서 오는 것일까? 이쪽의 장비만 봐도 어느 정도 수준일 거라는 건 대충 짐작할 수 있을 것이다. 그런데도 저런 여유를 부리는 걸 보면 뭔가 단단히 믿는 구석이 있음에 틀림없다고 봐야 했다.

젠느의 시선이 어느 순간 단정하게 잘 정리되어 있는 사내의 머리카락으로 이동했다. 그 순간 젠느는 마법 주문을 멈추고, 한껏 끌어모았던 마나를 천천히 흩어 버렸다. 일단 적의는 없어 보였기에 모험을 하지 않기로 한 것이다. 하지만 팔바 앞으로 나설 배짱은 없었기에 팔바의 뒤에 몸을 감춘 상태로 사내에게 물었다.

"당신은 누구십니까?"

하지만 사내는 그에 대한 대답은 하지 않고, 오히려 벽에 새겨진 커다란 흔적을 가리키며 물었다.

"분명, 저런 흔적을 봤다고 했죠? 거기가 어딥니까? 누가 이런 흔적을 남긴 거죠?"

젠느는 잠시 망설이긴 했지만 순순히 대답해 줬다. 다란툼에서 이곳 델카로 오던 중 만난 상인들의 마차 뒤쪽 휘장에 이런 흔적과 비슷한 핏자국을 본 적이 있다고. 그리고 그 마차에는 대 몬스터용 장비로 중무장하고 있는 중년사내 셋과 소년 하나, 그리고 소녀 하나가 타고 있었다고 말이다.

그때 옆에서 가만히 듣고 있던 팔바가 불쑥 끼어들며 덧붙여 말했다.

"그들은 범인이 아닐 거요. 당시 마차에서 젠느는 멀리 떨어져 있었기에 보기 힘들었겠지만, 우리를 바라보는 그들의 시선에는 두려움이 짙게 깔려 있었거든. 중무장을 하긴 했지만 중년 사내 셋은 제법 노련해 보이는 몬스터 사냥꾼 정도로만 보였지, 저런 파괴적인 흔적을 만들 수 있을 정도로 실력이 있어 보이지는 않았소."

그러자 사내는 피식 웃으며 곧바로 반문했다.

"소년도 하나 있었다고 했죠? 그 애의 눈빛에도 두려움이 깔려 있던가요?"

잠시 기억을 떠올리던 팔바는 고개를 갸웃하며 대답했다.

"소년에 대한 기억은 별로 없소. 두려움에 찬 눈빛도 아닌, 그저 뭔가 생각하고 있는 듯 멍하니 서 있었을 뿐이었으니까."

"수상쩍은 자를 발견하면 일단 탐색마법을 써서 관찰하는 게 순서 아닙니까?"

사내의 지적에 젠느는 쓸쓸한 미소를 지으며 대답했다.

"그리 대단한 집단처럼 보이지 않았어요. 우리들이 접근하자 두려움에 질려 뭔가 수군거리며 우리들의 눈치만 살피고 있었으니까요."

그러자 사내는 답답하다는 듯 벽면의 흔적을 가리키며 말했다.

"저걸 보세요. 저건 마법이 아니라, 아주 강력한 검식이 훑고 지나간 흔적입니다. 이렇게 좁은 실내에서 저런 강력한 검식을 전개했다는 것만 봐도 검을 휘두른 사람이 제정신이 아니란 건 단번에 알 수 있는 일이죠. 그 사람은 당황했던 겁니다. 좁은 실내에서 저런 강력한 검식을 썼으니 그 여파로 주변의 등불 따위는 단번에 다 꺼져버렸을 겁니다. 그런 상황에서 사방에서 적들이 몰려오고……."

마치 눈앞에서 본 것처럼 자세히 설명하는 사내의 말을 팔바는 믿을 수가 없었다.

"설마…, 그렇다면 그 소년이 범인이라는 겁니까?"

그제야 말이 통한다는 듯 사내는 씨익 미소 짓더니 고개를 끄덕이며 말했다.

"물론입니다. 아주 흥미로운 아이죠. 저런 엄청난 검술을 구사할 수 있음에도 이런 흔적을 남긴 것을 보면 실전경험이 거의 없을 거라는 짐작을 할 수 있죠. 제 예상대로라면 아마도 이게 그 아이에게 있어서 첫 실전이었던 모양입니다. 그리고 아이 옆에는 검술에 대한 조언을 해줄 사람이 단 한 명도 없는 상황이고 말이죠."

검흔을 다시금 뚫어져라 바라보던 사내는 입술을 혀로 슬쩍 핥으며 말을 이었다.

"정말 탐나는 인재로군요. 아이를 데려가면 단장이 아주 좋아하겠는데요. 큭큭큭……."

음흉스런 표정으로 혼자 중얼거리며 키득거리고 있는 사내를 바라보던 젠느는 뭔가 떠올랐다는 듯 그에게 물었다.

"혹시…, 기사단 소속이세요?"

"호오, 상당히 감이 좋은 아가씨로군요."

사내는 히죽 웃더니 계속 말을 이었다.

"제 소속에 대해서는 밝혀드릴 수 없음을 부디 이해해 주시길. 그리고 그 아이에게로 안내해 줄 것을 의뢰하겠습니다. 그에 대한 사례는 섭섭지 않게 하도록 하지요.”

젠느가 살짝 자신의 팔을 끌어당겼기에 팔바는 그쪽으로 시선을 돌렸다. 그리고 볼 수 있었다. 젠느가 수락하라는 듯 고개를 열심히 끄덕이는 것을. 그녀의 생각은 알겠지만 팔바는 의구심에 묻지 않을 수 없었다.

“그 아이를 찾을 자신은 있는 거야? 다란툼이 얼마나 넓고 복잡한데……?”

팔바의 물음에 젠느는 자신 있게 대답했다.

“아무리 넓고 복잡해도 시간을 들여 탐색마법으로 찾으면 돼. 마법사가 아닌 다음에야 탐색마법을 피해갈 수는 없을 테니까. 게다가 여기 이 기사분의 의뢰를 거절할 수도 없는 노릇이고.”

젠느의 말에 고개를 끄덕인 팔바는 월터를 바라보며 정중하게 자신들을 소개했다.

“그 의뢰를 받아들이죠. 저희는 빛의 날개라는 5인 모험가 파티로 저는 리더인 팔바고, 이쪽은 젠느라고 합니다.”

“월터라고 합니다. 잘 부탁드립니다.”

월터는 팔바나 젠느가 자신을 알카사스의 기사로 착각하고 있다는 걸 금방 알아차렸다. 하지만 굳이 그들의 오해를 바로잡아 줄 생각은 전혀 없었다. 괜히 긁어 부스럼을 만들 필요가 없으니까.

진화하는 라이의 검술

35

암살계의 노선배

코비는 다급한 어조로 라이를 여관에 안내했던 소년에게 물었다.

"오늘 오후에 그들이 움직일 거라고 잭에게 전했나? 그리고 그쪽으로 가는 지도도 말이야."

"잭은 만나지 못했지만, 그가 데리고 있는 여자애에게 전달했습니다."

"내가 분명히 말했잖아! 그놈에게 직접 전해야 한다고 말이야."

"하지만 여관에 그자가 없는 걸 어쩝니까? 마냥 기다릴 수도 없고, 그래서 일단은 여자애에게 전달했죠, 뭐."

그러면서 소년은 릴리라는 소녀에게서 들었던, 얼마 전에 여관에서 일어났던 사건에 대해 자세히 말했다. 잭이 지금 경비병들에게 쫓기고 있는 상황이기에 직접 전달할 수 없었다는 변명과 함께. 대신, 릴리가 그와 연락할 수 있다고 했다. 그 방법에 대해서는 말하지 않았지만.

"멍청한 새끼! 일을 하러 온 놈이 경비병들에게 쫓기기부터 하다니……. 대체 정신이 있는 거야, 없는 거야!"

다란툼 지부장 코비는 어이가 없었다. 암살을 하러 왔다는 놈이 임무를 수행하기도 전에 사고를 쳐서 경비병들에게 쫓기고 있다니, 그게 말이 되는 소린가. 거기다가 아직 솜털도 다 벗겨지지 않은 듯한 앳된 얼굴. 잭이란 녀석에 대한 그의 믿음이 바닥을 칠 수밖에 없는 상황인 것이다.

코비 지부장은 더 이상 참을 수가 없었다.

"두목께서는 어쩌자고 저런 놈에게 중책을 맡기신 건지……."

잭이 가져온 부두목의 편지에는 앞으로의 행동 요령에 대해서 자세히 써져 있었다. 우선 잭과 조장들을 임무에 투입하라고 되어 있었다. 조장들은 잭을 신주 받들듯 받들고 있었지만, 부두목의 지시는 전혀 그렇지 않았다. 부두목은 잭을 버리는 돌로 쓰고 있었다. 샐러맨더와 블랙울프 파를 이간질 시키기 위한…….

그 때문에 잭에게 건네준 지도는 블랙울프 파 쪽에서 만든 것처럼 꾸며 났다. 하지만 그것 하나만으로 잭을 블랙울프 파에서 보낸 암살자라고 샐러맨더 쪽에서 속아 줄까?

모든 건 잭의 실력에 달려있었다. 그가 두목을 암살할 '뻔' 하기만 하면 된다. 하지만 완전히 엉터리라면 지도를 보고도 믿을 놈은 하나도 없을 것이다.

그리고 부두목은 조장들을 잭과 함께 보내라고 했는데, 잭에게 연락도 되지 않는 형편이다. 이렇게 되면 첫 부분부터 부두목의 지시에 어긋나게 되는 것이다.

"젠장. 연락이 안 되는데, 어떻게 하면 되지?"

결론은 정해져 있었다. 조장들을 데리고 그곳으로 가서 잭이 공격할 때, 그들에게 함께 돌격하도록 하는 것.

그리고 일이 어떻게 돌아가는지 부두목에게 보고서를 올리려면 자신이 직접 확인하는 게 가장 좋을 것이다. 그게 가장 확실할 테니까.

"요새에서 온 손님들은 지금 어디에 있지?"

"벌레 먹은 사과에 계실 건데요?"

'벌레 먹은 사과' 라는 말에 코비 지부장의 얼굴이 왈칵 일그러진다. '벌레 먹은 사과' 라는 곳은 뒷골목에 위치해 있는 술집 이름이었다. 반쯤 벌거벗은 작부(酌婦)들이 술 시중을 들어주는 퇴폐적인 분위기의 술집이었는데, 요새 쪽에서 간부급이 오면 꼭 들리는 곳이기도 했다.

"이런 젠장, 대낮부터 퍼마시러 갔어? 이야~, 팔자들 좋구먼. 뭐, 좀 있다 죽을 놈들이니……."

잠시 투덜거린 코비 지부장은 소년에게 명령했다.

"지금 당장 튀어오라고 해. 급한 일이 생겼다고 말이야."

"알겠습니다."

벌레 먹은 사과에서 작부들과 어울려 실컷 퍼마시던 도중에 끌려나와 산행을 시작했으니 모두들 죽을 지경이었다. 중무장한 채 산길을 비교적 빠른 걸음으로 30여 분씩이나 걸어왔음에도 불구하고 아직까지도 목적지는 나타날 생각을 하지 않고 있었다.

아직도 술이 덜 깼는지 혀 꼬부라진 소리로 해리슨이 투덜거렸다.

"아직도 멀었냐? 도대체 얼마나 더 가야 되냐?"

"거의 다 왔어. 저 위로 올라가면 보일 거야."

"헉헉…, 이번에도 거짓말이면 내 손에 죽을 줄 알아."

"어허…, 내가 거짓말을 하고 싶어서 했겠냐. 너희들 힘내라고 그런 거였지. 자, 이제 다 왔다."

코비 지부장의 말대로였다. 언덕 위에 올라서니 샐러맨더 파가 자리 잡고 있는 근거지가 비교적 자세하게 내려다보였다. 물론 언덕이 그리 높지 않았기에 목책 안쪽까지 관찰할 수는 없었지만 말이다.

"거봐. 내가 말했지? 경계가 아주 삼엄할 거라고 말이야."

코비 지부장은 경계에 대해서 얘기했지만, 조장들은 그 엄청난 규모에 입이 쩍 벌어져 있는 상태였다. 화물을 보관하는 창고 몇 개 정도가 있을 거라 생각했는데, 목책이 뻗어 있는 규모를 보니 이건 웬만한 마을보다도 더 넓을 것 같았던 것이다.

"여긴 도대체 뭐 하는 곳이야? 혹시 광산이라도 있는 거냐?"

코비 지부장은 자신도 잘 모르겠다는 듯이 어깨를 으쓱거리며 대답했다.

"알 수가 없어. 하지만 이쪽으로 공급되는 식량의 양을 조사해 봤을 때, 광산 같은 건 아닌 모양이야. 광산이라고 하기에는 공급되는 식량의 양이 너무 적거든."

"약탈한 물품들을 보관하는 장소라고 하기에는 너무 넓잖아?"

"그건 아닐 가능성이 커. 생각을 해 봐. 영주가 전폭적으로 지지해 주는데, 아무리 약탈품이라고 해도 이런 곳에 보관해 둘 필요가 없잖아. 성 안에 보관한다고 해서 어떤 놈이 감히 딴지를 걸겠어?"

"그건…, 그러네."

"넌 조사해 봤을 거 아냐? 뭐 하는 곳이냐? 엉덩이가 무거운 샐러맨더 파의 두목이 직접 와서 둘러보는 걸 보면 꽤나 중요한 곳인 모양인데 말이야."

"일단 조사해 보긴 했는데 당최 알 수가 없어. 저걸 봐라."

코비 지부장은 목책 사이사이로 높게 솟아올라 있는 감시탑을 가리키며 말했다.

"저렇게 철저하게 감시하고 있는데 저 안으로 어떻게 들어가겠냐?"

"꼴을 보니 시도도 안 해본 거 같네."

"당연하지. 괜히 저런 데 어설프게 애들 보냈다가 붙잡히면 금방 들통 날 텐데. 그러다 내가 작살난다고. 게다가 내가 데리고 있는 꼬맹이들이 얼마나 눈치가 빠르고 영악한지 알아? 지가 죽을 거 같으면 금방 내가 시켰다고 주둥아리를 나불거릴 놈들이란 말이야."

"하긴 철모르는 애들 데리고 지부랍시고 운영하는 네가 고생한다."

"이야~, 그나저나 감시탑들을 아주 기가 막히게 세워놨네. 사각(死角) 없이 주변을 확실하게 감시할 수 있겠는데?"

5미터 정도 높이의 목책 사이로 솟아올라 있는 감시탑들은 7~8미터 정도는 족히 되는 높이로 건설되어 있어 주변을 완벽하게 감시할 수 있었다. 더군다나 감시탑에는 경비병들이 두 명씩 배치되어 있었기에 기회를 봐서 해치우고 침투하는 것도 무지 어려워 보였다.

목책으로 가려져 있었기에 안에 얼마나 많은 인원이 상주하고 있는지도 정확히 알 수 없었다. 간혹 밖으로 휴식을 취하러 나온 패거리들의 입을 통해 백여 명 정도가 상주하고 있다는 것 정도만 짐작할 수 있을 뿐이었다.

거기에다가 오늘은 두목 등 간부급 인물들이 행차한 만큼, 그들의 호위까지 가세해 있기에 얼마나 더 많은 숫자가 있는지 짐작조차 할 수가 없었다.

"젠장! 저 안으로 쳐들어가 샐러맨더 파의 두목을 암살하겠다고? 미쳐도 단단히 미쳤구만. 아무리 우리가 옆에서 도와준다 해도 근처에나 다가갈 수만 있어도 기적이다, 기적."

코비 지부장은 이런 말도 안 되는 암살 계획으로 샐러맨더 파와 블랙울프 파를 이간질할 수 있을 거라고 생각하고 있는 두목과 부두목의 정신 상태를 의심하지 않을 수 없었다. 이렇게 말도 안 되는 계획을 행하다 개죽음 당하게 되면, 샐러맨더 쪽에서 의심부터 하지 블랙울프 파에서 암살자를 보냈다고 생각을 하겠는가.

회의적인 코비 지부장과 달리, 그와 함께 온 세 명의 조장들의 생각은 약간 달랐다.

"달톤이 어떻게 죽었는지 네가 보지 못해서 그런 소리를 하는 거야. 정말 끔찍했어. 아직까지도 가끔씩 그 녀석이 조각조각

분해될 때의 모습이 떠올라 소름이 끼친다니까."

"분해? 그건 또 무슨 말이야?"

왠지 거슬리는 단어에 코비 지부장이 질문을 던졌지만 그 누구도 거기에 대답하는 사람은 없었다. 표정이 확 일그러진 조장들은 그 단어를 꺼낸 해리슨을 향해 으르렁거렸다.

"이런 씨팔, 안 그래도 요즘 꿈자리가 뒤숭숭해서 죽겠구만. 왜 쓸데없는 소리를 하고 지랄이야? 달톤의 이름이나 분해, 이딴 단어는 아예 입에 담지도 마."

"쩝, 내가 잘못했다. 앞으로 조심하지."

순식간에 싸늘해진 분위기에 '분해'라는 게 어떤 뜻인지 코비 지부장이 재차 물어봤지만 조장들 중 아무도 대답하지 않았다.

"망할 새끼들. 사람이 물어보면 대답을 해야지, 못들은 척 딴청이나 피우고……."

투덜거리며 주변을 둘러보던 코비 지부장의 눈에 숲 속에서 유유히 걸어 나오는 사람 하나가 눈에 띄었다. 순간, 그는 손을 들어 손가락으로 한 지점을 가리키며 황당하다는 듯 외쳤다.

"저게 뭐야! 저 새끼 미친 거 아냐?"

모두의 시선이 그쪽으로 돌아갔다. 놀랍게도 그곳에는 잭이 있었다. 숲에서 나온 그는 샐러맨더 파의 근거지를 향해 천천히 걸음을 옮기고 있었다. 태연한 표정만 봤을 때는 마치 소풍이라도 나온 듯했다.

예상치 못한 사태에 조장들도 동요했다. 잭의 실력을 믿지 못하는 것은 아니었지만, 이런 백주대낮에 적진을 향해 어슬렁거리며 걸어 들어갈 거라고는 상상도 하지 못했던 것이다.

그들은 잭이 야음을 틈타 안으로 침입하던지, 아니면 두목이 저곳에서 나와 숲으로 이동할 때 습격할 거라고 예상했었다. 자신들의 실력으로 잭의 습격을 돕지는 못하겠지만, 그가 도주할 때 도움은 줄 수 있지 않겠느냐는 코비 지부장의 말에 넘어가서 그를 따라 이곳에 온 것이다. 물론 상황이 여의치 않다면 쥐죽은 듯 숨어 있다가 슬그머니 도망칠 생각이었고…….

게다가 잭의 무장은 허리춤에서 덜렁거리는 칼 한 자루가 전부였고, 방어구는 그를 처음 봤을 때 입고 있던 낡은 가죽갑옷뿐이었다. 저런 무장 상태나 장비로 봤을 때는 마치 죽여 달라고 지랄을 하는 것과 다름없지 않은가. 적들이 미치지 않은 이상, 습격해 온 잭을 칼로만 상대해 줄 리도 없고 말이다.

"저 자식 대체 뭐야? 너희들 저놈이 암살자라고 하지 않았어? 무슨 암살자가 이런 훤한 대낮에 적진을 향해 어슬렁거리며 걸어가?"

코비 지부장은 너무나도 어이가 없어, 함께 온 조장들에게 잭과 함께 행동하라는 지시를 내리는 것조차 잊어버렸다.

코비 지부장의 말처럼 상황은 전혀 예상하지 못한 방향으로 흘러가기 시작했다. 누구냐고 몇 번 소리쳐 묻던 경비들 중 한 명이 느긋한 동작으로 활을 꺼내 들고 장전하는 게 보였다.

"내 저럴 줄 알았지."

코비 지부장의 빈정거림이 채 끝나기도 전에 화살이 날아갔다. 화살은 놀라운 정확도로 잭을 향해 날아갔지만, 잭은 간단히 옆으로 한 발자국 옮기는 것만으로 그것을 피해 버렸다. 약이 바짝 오른 경비병이 두세 발의 화살을 더 날렸지만, 모두 헛되이 허공을 갈랐을 뿐이다.

옆에서 히히덕거리며 구경만 하고 있던 다른 경비들이 잭을 가리키며 뭐라 떠들더니 서너 명 정도가 활을 꺼내 사격에 가담하는 게 보였다. 이번에도 피할 수 있을까? 코비 지부장과 조장들은 손에 땀을 쥐고 바라봤다. 그 순간 경비병들이 제각각 사격을 시작했다. 그리고 놀랍게도 그것들 중 어느 하나도 잭을 맞추지 못했다.

잭이 천천히 걷고 있긴 했지만, 시간이 흐를수록 서로 간의 거리는 점점 줄어들고 있었다. 서로 간의 거리가 줄어든 만큼 화살을 피하기는 더 힘들어졌음에도 잭은 단 한 발의 화살도 맞지 않고 여유롭게 걸음을 옮겼다.

서너 명이 집중 사격을 하는데도 불구하고 맞추지 못하자 경비병들은 바짝 약이 오른 모양이다. 급기야 경비병 중 몇 명이 감시탑 아래로 달려 내려가더니 잠시 후 석궁을 가져왔다. 석궁은 활에 비해 장전속도는 느리지만 정확도와 파괴력은 훨씬 뛰어나다. 웬만한 철판갑옷쯤은 그냥 꿰뚫어 버리니까. 더군다나 석궁에 장전되는 화살은 크기가 아주 작기 때문에 눈으로 보고 피하는 것은 거의 불가능했다.

하지만……

잭은 석궁의 화살조차도 피해냈다. 이번에는 그도 힘에 부치는지 아슬아슬하게 석궁 한발을 피함과 동시에 장검을 뽑아드는 게 보였다. 아무래도 화살과 달리 석궁의 화살은 피하기가 힘들었던 모양이다.

그다음 날아오는 화살부터는 검을 휘둘러 막아냈다. 잭의 발걸음이 점차 빨라지기 시작했다.

잭이 빠른 속도로 달려오자 화살을 쏘던 경비병들이 당황해하는 기색이 역력했다. 한 경비병은 석궁을 장전하다 실패했는지 다시 장전하느라 허둥지둥거렸다.

그 모습을 지켜보던 조장들의 안색이 환하게 밝아지기 시작했다. 믿을 수 없다는 듯 입을 헤 벌리고 바라보고 있는 코비 지부장을 향해 해리슨이 그것 보라는 듯 으스대며 말했다.

"봐. 우리들이 한 말이 정말이지?"

"도와드려야 하지 않을까?"

"우리들이 저기 끼어들어서 뭐하려고? 괜히 잭 어르신의 방해만 될 뿐이야."

그들이 잡담을 주고받는 잠시의 시간 동안 상황은 더욱 놀랍게 변해 가고 있었다. 목책 앞까지 무시무시한 속도로 달려간 잭이 마치 새라도 된 듯 목책 위로 날아오르는 게 보였다. 높게 둘러쳐져 있는 목책을 뛰어넘는 것만 해도 입이 쩍 벌어질 지경인데, 잭의 움직임은 거기에서 끝나지 않았다.

잭의 몸은 목책에서 멈추지 않고 더욱 높이 뛰어 올라갔다. 잭의 몸이 멈춘 곳은 높디높은 감시탑 안이었다. 단칼에 감시탑 안에서 화살을 쏘고 있던 경비병들을 베어버리는 잭. 어떻게 사람이 저럴 수가 있을까?

순식간에 감시탑을 정리한 잭은 주저하지 않고 곧장 아래쪽으로 몸을 날렸다. 그리고 그다음에 벌어진 일방적인 학살극에 블루썬더 패거리들은 벌어진 입을 다물지를 못했다.

"이, 이런 미친. 제발 지금 보고 있는 내 눈이 잘못된 게 아니라고 말을 해줘."

코비 지부장의 넋이 나간 듯한 중얼거림에 해리슨 역시 입을 떠억 벌리고 놀라움을 금치 못했다.

"잭 어르신의 실력이 엄청나다는 건 이미 짐작하고 있었지만, 설마 이 정도일 줄이야. 두목은 대체 어떤 조직을 끌어들인 거야?"

지하실에서 학살극을 벌였을 때는 사방이 어두컴컴한데다 좁기까지 해서 갑작스레 튀어나오는 적을 반사적으로 죽이느라 라이는 자신이 살인을 하고 있다는 것조차 느끼지 못했었다.

그때는 검술이고 뭐고 살아남는 것에만 온 정신이 팔려 있었다. 하지만 지금은 아니다. 훤한 대낮에, 상대의 몸에서 터져 나오는 핏방울 하나하나는 물론이고, 처참하게 일그러진 상대의 표정까지 볼 수가 있었다. 그리고 처절하게 울려 퍼지는 단말마의 비명까지. 아직 살인이라는 감각에 내성이 없었던 라이로서는 정신이 반쯤 나갈 수밖에 없었다.

하지만 살인이 거듭될수록 그 충격이 점차 완화된 덕분일까. 아니면 명경지수(明鏡止水)처럼 맑은 평정심을 유지시켜주는 태허무령심법(太虛無靈心法)의 효용 덕분일까.

어느 순간, 라이는 정신을 차릴 수 있었다. 그리고 그 이후부터는 상황에 맞지 않는 강맹한 공격을 무턱대고 날리는 것에서 벗어나, 상대의 위치와 방어에 맞는 초식을 떠올려 적절하게 힘 조절을 하며 검을 휘두르기 시작했다.

허접한 실력을 가진 적의 숫자가 엄청나게 많았기에 생겨난 행운이었다. 더군다나 적들은 자신들의 두목을 보호하기 위해 몸을 사리지 않고 사방에서 달려들고 있었고, 그들의 뒤쪽에서는 무수한 궁수들이 화살을 쏴대고 있는 중이었다. 만약 요 며칠 지붕을 뛰어다니며 몸을 움직이는 요령과 기법을 터득하지 못했다면 목책을 넘기도 전에 라이는 온몸에 화살이 꽂혀 마치 고슴도치 같은 꼴을 하며 쓰러졌으리라.

꿈속에서 배운 검술은 36초식의 기본 뼈대와 각 초식의 응용형이 4가지씩 존재하여 총 144초식으로 구성되어 있었다. 지금 라이가 제대로 구사할 수 있는 건 기본뼈대를 이루고 있는 36가지 초식 정도. 그나마도 지금껏 실전에 써먹은 건 4개 초식도 되지 않았다.

지금껏 그가 상대했던 게 허접한 자들뿐이었기에 이런 형편없는 실력으로도 목숨을 잃지 않고 있을 수 있었다. 물론 그 사실을 라이 자신도 잘 알고 있었다. 이런 식으로 해서는 안 된다는 것을.

때문에 그는 지금껏 사용하지 않았던 다른 초식들까지 실전에서 사용하기 시작했다. 실험 대상은 눈앞에 잔뜩 있었다. 그 덕분에 라이는 초식이 가지는 위력과 효용을 몸으로 체득하며 급속도로 초식들을 자신의 것으로 만들어 나갈 수가 있었다.

머릿속으로 그린 대로 눈앞의 적들이 산산이 부서져 흩어진다. 피와 살이 튀는 끔찍하기 짝이 없는 상황이었지만, 라이는 자신의 강력한 힘에 황홀함을 감출 수가 없었다.

'내가 이렇게까지 강해졌다니……'

마을에서 떠나온 이래 힘이 없어서 얼마나 모진 고생을 해야만 했던가. 비굴하게 엎드려 목숨을 구걸해야 했던 게 한두 번이 아니었다.

'이제는 더 이상 그런 굴욕을 당하지 않을 거야. 아니, 그런 못된 새끼들은 몽땅 다 죽여 버릴 거야!'

그런데 이 상황에서 설마하니 안면이 있는 사람을 만날 거라고는 전혀 생각조차 하지 못했다.

"호오, 이거 상당히 낯이 익은 분인 듯한데."

"허억! 괴, 괴물……."

"정말 반가워. 안 그래도 네놈 덕분에 내가 한동안 고생한 걸생각하면……. 이번에는 내 확실히 손을 봐 주지."

여관 위층에서 만났을 때 낭심을 맞고 거품을 물었던 사내는 이미 공포에 질려 오줌을 지리고 있었다. 아니, 그때도 된통 두들겨 맞은 후에 지렸었던가?

"움직이면 죽을 줄 알아!"

주춤주춤 뒷걸음질치던 사내의 몸이 흠칫 굳어 버린다.

"여기서 근무하고 있었을 줄은 몰랐네. 그때 함께 하던 동료들은 다 어디 가고 혼자 있는 거지?"

"그, 그건……."

사내는 대답을 하지 못했다. 동료들은 이미 죽어버린 건지도 모르고, 아니면 벌써 도망쳐 버린 건지도 모른다. 하지만 라이에게 있어서 그건 중요한 게 아니었다.

"여기 두목은 어디에 있지? 그것만 알려주면 살려주마."

사내는 생각할 것도 없다는 듯 곧바로 한쪽을 손가락으로 가리키며 대답했다.

"저쪽입니다! 저기 있습니다."

"저쪽이라고?"

라이는 사내가 손가락으로 가리킨 쪽으로 고개를 돌리며 재차 확인했다.

살려주는 것을 담보로 원하는 정보를 얻었지만, 그렇다고 해서 놈을 살려줄 생각은 없었다. 녀석으로 인해 검술의 궁극을 깨우치는 데 도움이 된 것은 사실이었지만, 그렇다고 해서 병사들에게 밀고를 해서 자신을 귀찮게 한 게 상쇄될 수는 없었으니까.

라이는 단칼에 녀석의 목을 날려 버렸다. 비명도 지르지 못하고 몸통과 분리된 사내의 머리가 땅바닥에 닿을 때쯤, 라이는 두목이 있다는 곳 근처에 이미 도착해 있었다.

라이는 샐러맨더 파 두목의 인상착의를 알지 못했다. 그렇기에 주변 사람보다 좀 더 훌륭해 보이는 갑옷이나 무기를 지니고 있는 자들을 우선적으로 죽였다.

수많은 조직원들이 피를 뿌리며 죽어 나갔음에도 적들은 라이를 향해 미친듯이 공격을 끊임없이 가해왔다. 그에 대해 라이가 더욱 강맹한 공격을 펼치려 할 때였다. 지금껏 지치지 않고 그를 향해 돌진해 들어오던 샐러맨더 파 조직원들이 주춤주춤 뒤로 물러서기 시작한 것은.

샐러맨더 파는 습격해 들어온 적이 혼자였기에 어떻게든 숫자로 밀어붙여 보려고 했다. 칼과 방패를 든 동료들이 적의 시선을 교란하는 동안, 뒤에서 활과 쇠뇌를 무수히 쏴댔다. 하지만 도저히 숫자로 어떻게 해볼 수 있는 상대가 아니라는 것이 얼마 지나지 않아 드러났다. 처참하게 쓰러져 있는 동료들의 수많은 시신들…….

공포가 두목에 대한 충성심을 넘어서는 순간, 적들은 순식간에 와해되었다. 모두들 뒤도 돌아보지 않고 전력으로 도망치기 시작한 것이다.

라이가 뒤쫓아 가서 몇 명 더 죽이는 데 성공하긴 했지만, 더 이상 적들을 찾을 수가 없었다. 모두들 전력을 다해 도망쳐 버린 후였다.

"이런…, 젠장! 이럴 줄 알았다면 먼저 두목부터 찾아서 죽이는 것이었는데……."

괜히 검술을 조금이라도 더 익힌답시고 졸개들을 상대한 게 화근이었다. 과연 적의 두목은 죽었을까? 아니면 도망쳤을까? 라이는 알 수가 없었다.

검의 천재가 탄생한 현장

35

암살계의 노선배

월터 일행은 말을 타고 이동했기에 점심식사 시간이 되기도 전에 다란툼에 도착할 수 있었다.

팔바의 경우, 이곳 영지의 고위 관료와 안면을 터놓은 사이다. 그렇기에 그는 관료에게 도움을 청할 수 있는 게 없는지 알아보기 위해 성 쪽으로 달려갔다.

식사 시간이 되려면 아직 한참의 여유가 있었기에 그의 면담 요청은 곧바로 받아들여졌다. 그리고 그는 관료에게서 뜻밖에도 놀라운 소식을 들을 수 있었다.

팔바는 일행들이 기다리고 있는 펍(Pub)으로 곧장 돌아왔다. 나머지 일행들은 팔바가 오기를 기다리며 가벼운 안주와 함께 지하실에서 갓 가지고 올라온 시원한 맥주를 즐기고 있던 중이었다.

"어서 와. 여기 맥주 엄청 시원해."

동료들이 반갑게 맞이했지만 팔바는 자리에 앉지도 않고 다급히 월터에게 말했다.

"대규모 학살사건이 있었답니다."

"학살?"

팔바의 말에 의하면 도시 밖에 자리 잡고 있던 샐러맨더 파의 근거지 하나가 박살이 났다는 것이다. 영주와 그렇고 그런 관계를 맺고 있었던 샐러맨더 파가 커다란 피해를 입은 만큼, 노발대발한 영주가 병사들을 동원해 그 흉수를 찾아내기 위해 혈안이 되어있는 모양이다.

"위치는 어딘지 알아뒀습니다. 지금 바로 가시죠."

팔바의 채근에 동료들이 어이가 없다는 듯 물었다.

"밥은?"

"사건이 일어난 곳을 먼저 둘러보고 난 뒤 돌아와서 먹으면 되지. 여기서 그리 멀지도 않은 곳이래."

월터 일행이 샐러맨더 파가 구축해 놓은 작은 요새에 도착했을 때, 그곳에는 이미 삼백여 명에 달하는 병사들이 사건 현장을 조사하고 있었다. 하지만 월터 일행이 봤을 때 병사들은 뭔가 단서가 될 만한 것을 찾고 있다기보다, 시체를 뒤져 뭔가 쓸 만한 게 나오면 자신의 주머니 안에 챙겨 넣기에 바빴다.

"거기 서라!"

요새로 다가오는 월터 일행을 발견하자마자 경비를 서고 있던 병사들이 활을 장전해 겨누며 소리쳤다. 중무장한 일행의 모습을 보자 경계심이 생긴 것이다.

"너희들은 누구냐?"

팔바가 얼른 앞으로 나와 품에서 종이 한 장을 꺼내 보여주며 대꾸했다.

"우리는 행정관님의 부탁을 받고 현장을 조사하기 위해 나온 모험가 파티일세."

행정관이라는 말에 활을 겨눴던 병사들은 황급히 활을 내려 놨다.

"이리 오십시오. 저희도 이제 막 현장수색을 시작한 참이라 아직 쓸 만한 물증을 찾아내지는 못했습니다."

현장은 처참하기 짝이 없었다.

70여 구에 달하는 시체들. 문제는 단 하나도 온전한 형상을 유지하고 있는 게 없다는 데 있었다. 도대체 어떤 놀라운 마도구를 썼는지 모르겠지만 갑주는 물론이고, 방패, 병기들까지 예리하게 잘려져 있었다.

병사들은 모르고 있었지만, 이런 만행을 저지른 범인은 단 한 명이었다. 팔바 일행들은 시체를 둘러본 뒤 그걸 알았기에 더욱 놀라워하고 있었다.

"이렇게 잔인할 수가……."

"이건 이미 인간이 아니야."

"악마에게 홀린 게 아닐까요?"

"설마 언데드의 소행이라는 건가?"

팔바 일행은 자신들의 추측에 대해 서로 쑥덕거리며 의견을 나누었다. 하지만 그에 비해 월터는 경이로운 시선으로 시체들에 남아있는 검흔을 쫓고 있었다. 목책 가까이에 있는 시체들이 잘게 여러 토막이 나 있었다면, 요새 안쪽으로 들어갈수록 시체에 남겨져 있는 검흔은 단순하게 바뀌어 가고 있었다.

"호오, 정말 놀라운 적응력인데? 짧은 시간 동안 검흔이 이렇게까지 급격하게 바뀌다니. 재수가 좋군. 검의 천재가 탄생한 현장을 목격하는 행운을 얻게 될 줄이야……."

이런 놀라운 인물을 누가 키워낸 것인지 궁금하지 않을 수 없었다. 위치로 본다면 알카사스에서 키운 거라고 단정 짓기 쉽지만, 월터의 생각은 달랐다. 델카의 지하에서는 한정된 공간 안이라 찾아낼 수가 없었던 스텝의 흔적들이 이곳에는 군데군데 남아있었기 때문이다. 이렇게 널찍한 전장을 치달리며 정신없이 싸우게 되면 오랜 세월 검술을 익혀오며 습관이 되어 버린 스텝들이 드러나지 않을 수가 없었다.

"그라레스인가? 하지만 크라레스에 이런 파괴적인 검법이 있다는 얘기는 들어본 적이 없는데……?"

능구렁이가 다 된 노련한 검객이라면 자신이 익힌 검법을 변형시켜 다른 사람으로 하여금 헷갈리도록 유도하기도 한다. 하지만 스승의 품을 갓 벗어난 새파란 애송이가 이토록 복잡한 검식에 변형을 주거나, 새롭게 만들어 낸다는 것은 거의 불가능한 일이다. 그런 만큼 여기 흩어져 있는 흔적들은 상대가 익힌 원형을 가감 없이 드러내고 있다고 봐야 했다.

"이해를 할 수가 없군."

"뭐가 말입니까?"

"실전 경험을 시켜주기 위해서 밖에 내보내기도 하긴 하지만, 아무리 그래도 그렇지, 이런 소중한 인재의 첫 출진을 혼자 보낸다는 건……."

'우리 코린트에서도 하지 않는 미친 짓' 이라는 말이 하마터면 입 밖으로 나올 뻔했다. 그리고 그건 크라레스 역시 마찬가지였다. 첫 실전에서 너무 긴장을 하거나 상대를 경시하다가 제 실력을 제대로 발휘해 보지도 못하고 비명횡사 당하는 애송이가 한둘이 아니었으니까.

그렇다면 결론은 한 가지뿐이다. 그를 지원해 줄 사람이 은밀히 뒤따르고 있던지, 아니면 함께 하던 동료와 불의의 사고로 떨어진 경우. 하지만 저만한 실력자를 지원해 주기 위해 뒤따르는 자라면 애송이보다 월등한 실력을 지닌 사람일 가능성이 큰 만큼, 사고로 헤어진다는 것은 말이 되지 않는다.

만약 월터가 이곳에서 라이를 만났다면 이렇게까지 착각을 하지는 않았겠지만, 그는 사건을 저지른 범인이 얼마 전에 키메라 오크 떼에 던져 놓고 왔던 라이라는 소년일 것이라고는 전혀 상상도 하지 못했다. 그는 라이 일행이 이미 키메라 오크 떼에 죽임을 당했을 거라고 확신하고 있었기 때문이다.

그들의 실력으로는 절대 그 지옥 같은 상황에서 살아나올 수 없을 게 뻔했으니, 월터의 머릿속에 그들은 이미 죽은 사람으로 취급되고 있었다.

"젠장, 괜히 시간만 낭비했네."

월터가 미련 없이 포기할 수 있었던 것은 애송이의 실력이 델카의 지하실에서 예상했던 것보다 너무 뛰어났기 때문이다. 이 정도라면 결코 혼자 실전 경험을 하고 있을 리가 없기 때문이다. 누군가 먼 거리에서 지켜보고 있다고 봐야 했다. 애송이는 그만한 가치가 있는 인재였으니까. 이 정도 성장속도라면 몇 년 내에 이름 있는 국가의 근위기사로 채용될 게 확실했다.

월터는 주변을 빙 둘러봤다. 눈으로만 본 것이 아니라, 기감(氣感)을 통해 주위에 위협이 될 만한 실력자가 있는지를 훑은 것이다.

하지만 느껴지는 것은 아무것도 없었다. 물론, 누군가가 기척을 감추고 숨어 있을 수도 있긴 하지만, 월터는 주변에 그런 존재는 없을 것임을 확신하고 있었다. 자신이 보호할 애송이의 뒤를 따라 이미 이곳을 떠난 지 오래일 테니까.

"조금만 빨리 이곳에 도착할 수 있었다면, 어느 쪽에서 키운 녀석인지 확인이 가능했을 텐데……. 참으로 안타깝군."

그때 월터의 눈치를 살피고 있던 젠느가 슬그머니 말을 걸어왔다.

"범인은 벌써 튄 것 같은데, 혹시 다란툼으로 돌아간 건 아닐까요? 빨리 다란툼으로 가보는 게 좋을 거 같은데요."

월터는 쓸쓸하게 웃으며 살짝 고개를 가로저었다.

"아니. 더 이상 범인을 추적한다는 건 의미가 없는 일인 것 같군. 자네들의 헌신적인 협조에 정말 감사하네. 내 신분이 신분인지라 공식적인 치하를 하는 것은 불가능하겠지만 말일세."

월터는 품속에서 작은 주머니 하나를 꺼냈다. 일을 시킨 만큼, 적당한 대가를 지불해 줄 생각인 것이다. 그는 의뢰비로는 약간 과하다 싶을 정도의 금화를 꺼냈다. 기사단의 일을 도왔으니, 이 정도는 지불해 줘야 격이 맞는 것이다.

"이건…, 너무 많습니다, 월터님."

화들짝 놀라는 팔바를 향해 월터는 별것 아니라는 듯 말했다.

"왕국을 위해 수고를 아끼지 않았는데, 이 정도 보상은 당연한 것이지."

못 이기는 척 월터가 내민 금화들을 얼른 품속에 넣은 팔바의 입이 함지박만큼 벌어져 있는 걸 보면 꽤나 흡족한 모양이다.

"그럼, 여기서 헤어지도록 하지. 해야 할 일이 있어서 말이야."

"예, 언젠가 다시 만났으면 좋겠습니다. 그리고 잠깐이었지만 저희 파티가 국왕폐하를 위해 일할 수 있어서 영광이었습니다."

만약 시간적 여유가 있었다면 월터는 애송이가 누군지 끝까지 쫓아가서 확인을 했을 것이다. 하지만 지금 그는 그런 작은 의문이나 해소시키느라 낭비하고 있을 시간 여유 따윈 없었다. 이곳을 둘러보며 웬만한 건 이미 다 파악했다고 그는 생각했으니까. 이미 주인이 정해져 있는 인재라면 굳이 뒤쫓아 가서 만나봐야 헛것인 것이다. 자라나는 새싹을 잘라 버리기 위해 쫓아가는 거라면 혹 몰라도.

그리고 여관에 던져놓은 미끼를 둘러싸고, 주변 상황이 어떻게 변하고 있는지 슬슬 걱정이 되기도 했다. 작은 수정구에 아직 그 어떤 변화도 없는 걸 보면, 아직까지는 아무런 일이 없는 모양이다. 하지만 언제 대어가 미끼를 향해 달려들지는 알 수가 없었다.

"이 바닥이라는 게 그리 넓은 것만은 아니니까, 조만간에 다시 만날 날이 있겠지. 특히나 크라레스라면……."

"과연, 기사단에서 일하시는 분들은 통이 크시구만. 이렇게 많이 주실 줄은 생각도 못 했는데."

"통이 큰 게 아니라, 들고 있던 주머니가 넉넉한 거겠지?"

"어쨌거나 그게 그거지. 나는 언제 저렇게 돈을 팍팍 써보나."

"혹시 누가 알아? 숨겨진 던전이라도 찾아내 크게 한몫 잡게 될지."

"젠장, 꿈은 그런데 현실은 히접한 산적들이나 때려잡고 있어야 하다니……."

팔바 일행이 다란툼에 돌아온 것도 벌써 하루가 지나 있었다. 월터와 헤어진 후, 식당에 가서 실컷 퍼마신 후 그 다음 날 오후까지 푹 쉬었다. 여관에 딸린 식당에서 늦은 식사를 끝낸 후, 델카 요새로 돌아가기 위해 길을 나선 참이다.

"뭐 더 필요한 건 없어? 델카는 이쪽보다 물가가 훨씬 더 비싸더라. 필요한 게 있으면 빨리빨리 말해. 월터 씨 덕분에 돈은 풍족하니까 말이야."

희희낙락하며 시장 쪽으로 향하고 있을 때, 그들은 우연히도 눈에 익은 얼굴을 볼 수 있었다.

"팔바, 저 사람!"

눈썰미 좋은 전직 레인저 류크가 제일 먼저 발견했다. 사람들 사이를 약간 빠른 속도로 걸어가고 있는 소년의 모습을.

"어?"

류크와 거의 동시에 소년을 발견한 마법사 젠느는 곧바로 주문을 외우기 시작했다. 그녀의 주문이 완성되었을 무렵, 소년의 모습은 이미 인파 속으로 사라져 버린 후였지만 젠느는 시동어를 외쳤다.

"뷰 마나 포스!"

인파 속에 숨어 버린 후라고 해도 마나의 기척을 숨길 수는 없다. 곧이어 젠느는 소년의 단전에 뭉쳐져 있는 밝게 빛나는 마나 덩어리를 확인할 수 있었다. 그리고 그의 몸 전체를 휘감고 있는 밝은 마나의 기운까지도.

하지만 젠느는 고개를 갸웃하지 않을 수 없었다. 그토록 무시무시한 검법을 쓸 수 있는 고수라고 하기에는 색의 밝기가 너무 약했기 때문이다. 저 정도 마나량이라면 동료인 팔바와 별 차이를 느끼기 힘들 정도였다. 그런데 문제는 팔바 혼자서 그토록 무시무시한 살육극을 벌일 수 있느냐 하면, 그건 전혀 아니었다.

"검법의 힘인가?"

무심결에 중얼거린 젠느의 말에 팔바는 궁금증을 참지 못하고 물었다.

"검법의 힘이라니…, 그게 무슨 말이야?"

"방금 전에 그 애의 마나를 측정해 봤는데, 예상과 달리 별 볼일이 없어서 말이야. 너보다도 못한 거 같더라고."

그 말에 팔바는 물론이고, 다른 사람들도 어이가 없다는 듯 고개를 내저었다. 학살의 현장을 직접 목격한 지 채 하루도 지나지 않았다. 그 끔찍한 현장이 아직까지도 뇌리에서 잊혀지지 않고 있는데 그런 짓을 한 사람이 팔바와 동급이라고? 리더인 팔바와 함께 해온 게 몇 년인데, 팔바 혼자서 저런 짓을 저지를 능력이 되지 못한다는 건 모두들 너무나도 잘 알고 있는 것이다.

"에이~, 설마 그럴 리가……?"

"정말이라니깐."

"그래서 검법의 힘이라고 한 거였구나."

"응. 마법도 똑같은 3싸이클 급이라고 해도, 그 위력은 천차만별이니까. 검법도 그런 거 아니겠어? 안 그래, 팔바?"

"그긴 그렇지만…, 아무리 그래도 저 애가 나보다 마나량이 떨어진다는 건 못 믿겠다. 너도 봤잖아? 그 처참한 광경을 말이야."

"그건 모르지. 너도 만약 제대로 된 검법을 익혔다면 지금보다 더 엄청난 결과물을 만들어낼 수 있었을지도 말이야. 그랬으면 우리 파티는 더 큰 위명을 떨칠 수 있었을 텐데……."

자신도 그런 게 가능하다는 말에 팔바의 안색은 꿈을 꾸듯 몽롱해졌다. 입가가 빙긋 올라가 있는 걸 보면 그가 지금 무슨 생각을 하고 있는지는 뻔했다. 하지만 얼마 지나지 않아 현실로 돌아온 팔바는 한숨을 푹 내쉬며 중얼거렸다.

"설혹 그게 가능하다고 해도, 누가 나한테 그런 엄청난 검술을 가르쳐 주겠냐. 바랄 걸 바래야지. 자자, 쓸데없는 소리 하지 말고 빨리 가자. 해지기 전에 델카 요새에 도착하려면 최대한 빨리 쇼핑을 끝내야 해.”

뷰 마나 포스는 전체적인 마나의 양을 보여주는 마법이다. 하지만 라이의 단전에 축적되어 있는 기운은 태허무령심법을 통해 순수하게 정제된 것이다. 잡스러운 기운이 섞인 마나에 비한다면 그 파괴력 자체가 차원을 달리하는 것이다. 그걸 알 리 없었기에 이런 오해가 생긴 것이다.

* * *

“이봐, 그런 허름한 여관에 어르신을 계속 묵게 해도 괜찮을까? 나중에 뭐라고 추궁이라도 당하는 거 아니겠지?”

라이의 놀라운 실력을 직접 눈으로 확인한 후, 코비 지부장은 지금껏 자신이 해왔던 게 찜찜하지 않을 수 없었다. 증거 조작을 위해 버리는 돌이라고 생각하고 있었는데, 그의 실력은 진짜 배기였던 것이다.

그런데도 자신은, 아무리 상대가 원한 것이긴 했지만 낡아빠진 3류 여관에 투숙하도록 했고, 심지어는 그 낡은 여관비조차도 지불해 주지 않고 나 몰라라 하고 있었지 않은가.

다른 조장들은 수심이 가득한 코비 지부장을 위로해 주기는커녕 비난하기 바빴다. 그렇게 옆에서 조언할 때는 들은 척도 하지 않다가, 이제야 저 난리를 치고 있는 걸 보니 한심했던 것이다.

"등신 같은 녀석. 그래서 우리가 입이 부르트도록 말했지. 어르신은 정말 대단하신 분이시라고 말이야."

"어르신께선 인내심도 참 대단하셔. 나 같으면 달톤 녀석 토막 치듯 네 녀석도 곧바로 토막을 쳐버렸을 텐데 말이지."

"그럴 수는 없으셨겠지. 그때는 이용가치가 있었으니까 말이야. 그건 그렇고 너 이제 큰일 났다. 임무를 완수하셨으니 너의 이용가치는 이제 없어진 거잖아?"

놀리자고 하는 농담 같기는 했지만, 지은 죄가 있다 보니 아무래도 찝찝한 건 사실이다. 요새 안에 포진하고 있던, 잘 무장된 수십 명의 샐러맨더 파 조직원을 단숨에 육편으로 만들어 버린 절대 고수가 잭이지 않은가. 그의 기분 여하에 따라 자신의 목숨이 왔다 갔다 한다고 해도 과언이 아닌 것이다.

"허걱! 그, 그럴지도 모르겠네. 지…, 지금 어르신께선 어디에 계시지? 혹시 그 여관?"

해리슨은 고개를 가로저으며 퉁명스럽게 대답했다.

"여관은 아닐걸. 그때 까분 놈들 손봐주신 후에 밖에서 기거하신다고 했잖아. 연락은 그 계집애가 하고 말이지."

"젠장, 이러고 있을 때가 아니군."

코비 지부장은 황급히 릴리가 묵고 있는 여관을 향해 달려갔다. 라이가 자신을 죽이겠다고 마음을 먹기 전에 손이 발이 되도록 빌어서라도 용서를 받는 게 살길이었으니까.

깡패조직의 중간보스답게 다란툼 지부장 코비는 단단한 신체를 지니고 있었다. 그리고 이곳 지부를 오랫동안 이끌면서 아랫 사람들을 턱 끝으로 부리는 강력한 카리스마까지. 물론 그의 휘하에 있는 건 소매치기나 하며 정보를 물어오는 꼬맹이들밖에 없었지만…….

어쨌거나 그런 그에게 있어서 고아 소녀 따위 눈에 차지도 않았다. 그의 밑에는 그런 소녀들이 몇 명이나 있었으니 그건 당연한 것이었다. 문을 열고 나온 릴리에게 코비는 거만하게 물었다.

"어르신께서는 어디에 계시냐?"

릴리는 코비 지부장의 눈치를 살피며 기어들어가는 듯한 목소리로 대답했다.

"전하실 말씀이 있으시면, 저한테 말씀하시면……."

코비 지부장은 들은 척도 하지 않고 릴리의 말을 자르며 으르렁거렸다.

"직접 찾아뵙고 말씀드려야 할 일이다."

릴리는 할 수만 있다면 이 무서운 방문객을 잭에게로 안내해주고 싶었다. 하지만 그가 어디에 있는지 알아야 안내를 할 게 아니겠는가. 릴리는 필사적으로 용기를 쥐어짜서 항변했다.

"하…, 하지만 어디에 계시는지는 저도 모르는 걸요. 이쪽에서 신호를 보내면 그걸 보시고 나중에 은밀히 찾아오셔요."

릴리의 말이 일리가 있었기에 코비 지부장도 더 이상 뭐라 밀어붙일 수가 없었다. 과연 뛰어난 암살자였다. 자신의 존재를 저렇듯 감쪽같이 숨기다니……. 아군조차도 위치를 모르고 있는 만큼, 적들은 아예 그의 존재조차 알 수 없으리라.

"허, 참……."

그러면 어떻게 한다? 이리저리 궁리하던 코비 지부장의 머릿속에 좋은 생각이 떠올랐다.

"임무를 완료하셨으니 더 이상 이런 누추한 곳에 묵으실 필요는 없지 않겠느냐고 전하거라. 요새로 돌아가시기 전까지는 다란툼에서 가장 좋은 곳에 모시고 싶거든. 알겠냐? 내 마음을……."

"예, 그렇게 전하도록 하겠습니다, 나으리."

"오냐. 부탁하마."

어쩔 수 없이 밖으로 물러 나온 코비 지부장. 그는 자신의 아지트로 돌아가려다가 문득 떠오르는 생각에 함께 나온 소년을 불러 지시를 내렸다. 품속에서 은화 몇 개를 꺼내 건네주면서.

"이걸로 맛있는 음식을 사서 아까 그 계집애한테 가져다주도록 해라. 돈을 한 번에 다 쓰지는 말고. 그러니까…, 하루에 4번 정도 여관에 들러서 그때마다 그 계집애가 필요한 게 있는지 물어본 뒤 사 주라는 말이야. 내 말 이해했냐?"

처음에는 맛있는 음식을 하나 가득 사주며 자신에게 좋은 얘기를 어르신에게 해주길 바랐지만 코비 지부장은 생각을 바꿨다. 잭 어르신을 모셔 오려면 계속 릴리와 접촉할 필요가 있다는 게 떠올랐기 때문이다. 그렇다면 적당한 수준의 당근을 여러 번에 걸쳐 나눠서 주는 게 훨씬 효과적이라는 걸 잘 알기 때문이다.

짠돌이 두목이 웬일인가 싶어 다시 한 번 쳐다보긴 했지만,

소년은 재빨리 대답했다. 안 그러면 주먹이 날아온다는 걸 다년 간의 경험을 통해 아는 것이다.

"예, 두목."

"그리고 그 계집애가 잭 어르신께서 나를 만나고 싶다고 전하면 곧바로 내게로 보고하란 말이야. 혹시 그 돈 다 쓰면 더 달라고 하고. 나중에 잭 어르신에게서 조금이라도 말이 나왔다가는 너는 나한테 죽을 줄 알아. 알겠어?"

"알겠습니다, 두목."

"빨리 가봐."

명령을 수행하기 위해 소년은 은화를 움켜쥐고 시장을 향해 달려갔다. 달려가는 부하 녀석의 뒷모습을 보며 코비 지부장은 한숨을 푹 내쉬었다.

"젠장, 내가 저런 계집애한테까지 아부를 떨어야 하다 니……."

그 꼬마 계집이 제대로 일 처리를 안 해준다면 잭이 떠난 뒤 아예 사창가에 팔아 버리겠다고 다짐하는 코비 지부장이었지만, 사실 그건 이렇게까지 아부를 떨어야 하는 처지로 몰린 것에 대한 자기 위안일 뿐이었다.

꿈속의 검술이 사라지기 전에

35

암살계의 노선배

"나를 찾았다고?"

무표정한 잭의 물음에 코비 지부장은 온몸에 소름이 쭉 돋았다. 하지만 그는 자신의 두려움을 밖으로 드러나지 않도록 필사적으로 노력하며 말했다. 하지만 그의 목소리는 이미 미미하게 떨리고 있었다.

"예, 어르신. 이곳에서의 임무도 다 끝나셨는데, 굳이 그런 허름한 여관에 묵고 계실 필요가 있겠습니까. 이미 좋은 데로 숙소를 잡아뒀습니다. 지금 당장 그쪽으로 옮기도록 하시죠."

코비 지부장의 제안에 라이는 고개를 가로저었다.

"그럴 필요 없다. 이제 요새로 돌아가야지."

"그러지 마시고 다만 며칠이라도 푹 쉰 뒤 돌아가시죠. 제가 기가 막힌 계집들이 있는 곳을 잘 알고 있는데……. 마음에 꼭 드실 겁니다."

라이는 손을 내저으며 짜증 어린 목소리로 말했다.

"됐다. 나는 그런 거 별로 좋아하지 않으니까."

물론 라이 역시 코비 지부장의 달콤한 권유에 마음이 동하지 않은 건 아니었다. 아직까지 그런 곳엔 단 한 번도 가보지 못했으니까.

하지만 지금은 그럴 수가 없었다. 저들은 지금 자신을 대단한 실력의 노회한 암살자라고 생각하고 있다. 그런데 술집에 가서 미모의 여자들을 옆에 앉힌다면 과연 어떻게 되겠는가? 아직 여자의 손조차 잡아보지 못한 자신으로서는 어리버리할 건 뻔했고, 설마 하는 의구심을 저들이 갖게 될 게 분명했다.

그걸 알면서도 코비 지부장의 권유를 받아들이기는 아주 곤란했다. 하지만 이런 라이의 속마음을 알 리 없는 코비 지부장은 자신의 제의를 단칼에 거부하자 당황할 수밖에 없었다. 지금까지 이런 달콤한 제의를 곧바로 거부해 온 건 잭이 처음이었으니까.

"아, 그, 그러십니까? 그, 그런 어떤 걸 좋아하시는지? 혹시 돈이 필요하신 건……?"

"너무 신경 쓸 거 없다. 내가 오랫동안 살아남을 수 있었던 건 이런 젊은 모습으로 위장해 상대를 방심하게 한 것도 있겠지만, 그런 쓸데없는 데 관심을 갖지 않은 면도 아주 크니까."

라이는 짐짓 자신이 아주 나이가 많은 것처럼 말했다. 속으로 좀 켕기는 건 사실이었지만, 자신을 이리로 데리고 온 조장들을 비롯해서 모두가 자신의 나이가 많다고 착각하고 있다는 건 알고 있었다. 상대가 자신의 착각이 맞다고 생각하도록 놔두는 게 유리하지 않을까 하는 생각에 꺼낸 말이었다.

"아, 예. 어르신의 깊으신 뜻도 몰라 뵙고……."

"그런 건 됐고, 나하고 같이 왔던 녀석들은 지금 어디에 있지?"

"설마, 지금 당장 델카로 돌아가시려는 건……?"

"이곳에 죽치고 앉아 있을 이유가 없지 않느냐."

"알겠습니다. 지금 당장 데려오도록 하겠습니다."

코비 지부장은 재빨리 주변에 대기하고 있던 소년에게 물었다.

"델카에서 온 손님들은 지금 어디에 있지?"

하지만 소년이 채 대답하기도 전에 라이가 손을 내저으며 말했다.

"됐다. 임무도 끝났으니 어딘가에서 신나게 퍼마시고 있겠지. 나는 릴리와 먼저 돌아갈 테니, 그 녀석들은 천천히 돌아와도 된다고 전해라."

"그, 그럴 수는……."

"괜찮다. 여기 올 때야 지부의 위치를 모르니 안내를 받아야 했지만, 델카로 돌아가는 것까지 그 녀석들의 안내를 받을 필요는 없으니까."

라이는 돌아서면서 릴리를 보고 말했다.

"릴리, 이제 출발하자."

"그, 그렇게 갑자기 가신다고 하시면 제가 너무……."

코비 지부장은 급한 김에 품속에 손을 넣어 깊숙한 곳에 숨겨두고 있던 예비 돈주머니를 꺼냈다.

"이거 얼마 되지는 않습니다만, 돌아가시는 길에 여비에 보태주십쇼."

사실, 반나절만 걸어가면 되는 거리였기에 여비라고 해 봐야 그다지 필요하지도 않았다. 하지만 코비 지부장이 건네준 돈주머니는 꽤나 묵직한 것이었다. 그의 직업 특성상 불시에 긴급 상황이 터졌을 때를 대비해서 간직하고 있던 것이었기 때문이다.

"흠, 자네 성의를 봐서 받아주도록 하지."

"감사합니다, 어르신. 좀 더 시간이 있었다면 제가 근사한 곳으로 모셨을 텐데…, 이렇게 급하게 돌아가실 줄은……."

"괜찮아. 임무를 마쳤으니 빨리 두목에게 돌아가서 보고도 해야 하고……. 그런데, 이리로 올 때 타고 왔던 마차는 지금 어디에 있지?"

마차의 행방에 대해서 물어올 것이라고는 미처 생각하지 못한 것인지 일순 코비 지부장의 안색이 핼쑥하게 변했다.

"어르신께 피, 필요한 마차였습니까?"

"쓸데없는 소리는 하지 말고, 어디 있는지만 말하면 돼."

코비 지부장은 난처한 듯했지만, 어쩔 수 없이 사실대로 보고했다.

"그냥 팔아 버리면 된다고 해서……."

"누가?"

"해리슨…, 어르신을 여기로 모시고 온 조장 중 한 명인 해리슨 녀석이 그랬습니다요. 저는 혹시 나중에 필요하실지도 모른다고 말렸습니다만, 그 녀석이 하도 우기는 바람에……."

사실은 지부에 마차를 놔둘 곳도 없었기도 했지만, 잭이 릴리를 이렇게 오랫동안 데리고 있을 거라고는 생각지도 못했다. 그저 임무가 끝날 때까지 그녀의 입을 틀어막기 위해 붙잡고 있는 거라고만 생각했다. 그렇기에 임무를 끝내고 잭이 돌아가면, 그녀를 죽여 입을 막아버리던지 아니면 사창가에 팔아넘길 생각이었던 것이다.

"이미 처분해 버렸다면 어쩔 수 없지. 그럼 나는 이만 가보겠다. 너도 협조해 주느라 수고가 많았다. 내 두목에게 너에 대해 잘 말해주도록 하지."

뜻밖의 라이의 말에 코비 지부장은 황송하다는 듯 고개를 숙였다.

"가, 감사합니다. 어르신."

릴리와 함께 요새도시 델카를 향해 걸어가고 있긴 했지만, 라이는 델카로 돌아갈 필요가 있을까 하는 생각이 들었다. 다란툼으로 오기 전의 자신과 비교한다면 하늘과 땅의 차이만큼이나 실력이 급성장해 버렸다는 것을 그 자신도 느끼고 있었던 것이다.

이제 더 이상 신분증 따위에 얽매일 필요는 없지 않을까 하는 생각이 들었다. 그런 거 없어도 발길 가는 데로 어디든 갈 수 있었으니까. 예전에 그토록 무섭게만 보였었던 병사들이 자신의 발끝도 따라오지 못한다는 걸 이미 체험하지 않았던가.

라이는 문득 고개를 뒤로 돌려 뒤따르고 있는 릴리를 힐끗 바라봤다. 물론, 릴리를 데리고 떠날 생각은 눈곱만큼도 없었다. 그렇다고 아무 데나 내던지고 갈 수도 없는 노릇이었고.

'두목한테 부탁하면 되겠지.'

자신이 다란툼을 향해 떠나지만 않았다면 릴리의 아버지가 죽지도 않았을 거다. 물론 그 책임을 자신이 질 이유는 없었지만, 순진하고 착한 릴리에게 그 정도 은혜는 베풀어 주고 싶었다. 다란툼으로 왔기에 자신이 이렇게까지 급성장할 수 있었으니까.

또 한 가지 델카로 돌아가려는 이유가 있었다. 본격적으로 수련을 할 장소가 필요했다. 다란툼에서처럼 남의 집 지붕 위를 뛰어다닐 수는 없는 노릇이 아니겠는가. 사람들의 눈에 띄지 않는 한적한 장소가 필요했다. 그리고 수련하는 동안 필요한 각종 물품들을 보급받을 수 있으면 더욱 좋지 않겠는가.

라이는 자신도 올란도처럼 강해질 수 있을 거라는 자신감이 싹트고 있었다. 그때, 난공불락의 성벽 위로 단신으로 도약해 들어가 적을 학살해 버리는 올란도의 신위를 보며 얼마나 경악했었던가. 영웅담에 나오는 용사를 보는 것만 같았다. 도저히 올려다볼 수도 없는 천외천의 영웅.

하지만 막상 해보니 성벽을 도약해서 올라가는 것쯤은 그리 어려운 일도 아니었다. 그리고 중무장한 샐러맨더 파 조직원 수십 명을 가볍게 짓이겨 놓기까지 했다.

자신에게는 훌륭한 스승도 없고, 검술을 수련할 때 조언해 줄 사람도 하나 없다. 하지만 이번에 다란툼에서 샐러맨더 파와 싸우며 꿈속의 검술을 수련하는 데 있어서 자신이 틀린 길을 가는 것 같지는 않다는 것을 깨달았다.

그렇다면 꿈속의 검술이 뇌리에서 사라지기 전에 완전하게 자신의 것으로 만드는 것이 최선이었다. 기억이라는 건 언제 잊어버리게 될지 알 수가 없는 노릇이었으니까.

오크 굴에서 그토록 개고생을 했던 때로부터 몇 년 흐르지도 않았는데, 벌써 그때의 기억이 희미해져 가고 있지 않은가.

"여기였던가?"

요새도시 델카의 블루썬더 아지트는 뒷골목 깊은 곳에 자리 잡고 있었기에 길눈이 밝은 자가 아니라면 한두 번 와 봐서는 찾아가기 힘들었다. 뒷골목에 형성된 미로와도 같이 좁은 길을 자신의 앞마당처럼 알고 성장한 아이들과 달리, 라이는 작은 마을에서 성장했기에 길눈이 매우 어두웠다.

"여기가 아니었나? 젠장……."

뒷골목에서 헤매기를 거의 한 시간……. 이 정도로 뒷골목을 헤집고 돌아다녔으면 블루썬더 파의 조직원 중 누군가라도 라이를 알아봤을 게 아닌가. 당코, 아니 루크와 함께 다닐 때 그가 허름한 옷차림의 소년들과 뒷골목에서 숙덕거리는 걸 본 게 한두 번이 아니었다.

"떠그랄. 엄청 큰 조직인 것처럼 떠들어 대더니, 그거 순 거짓말 아냐? 본거지 주변인데도 조직원으로 보이는 놈이 단 한 명도 보이지 않다니, 이게 말이 돼?"

그때였다. 정말 운 좋게도 눈에 익은 건물이 발견된 것은. 주변의 건물들에 비해 훨씬 튼튼해 보이는 외관. 그리고 고개를 숙이고 들어가야 할 만큼 작은 철문. 처음 이곳에 왔을 때 봤었던 블루썬더 파의 아지트가 틀림없었다. 당시 저 작은 철문을 들어갈 때 어쭙잖은 수작을 부렸던 게 기억에 떠올랐다.

하지만 라이는 몰랐다. 이쪽은 뒷문이었고, 저 앞문 쪽으로 가면 철문이 박살 난 채 나뒹굴고 있으며 중무장한 샐러맨더 파행동대원들이 그 주변을 철통같이 지키고 있다는 것을. 운이 나쁘게도 좁은 골목길 쪽으로 걸어 들어왔기에 그 모습을 못 본 것이다.

왜냐하면 정문은 마차로 짐을 운반하기 용이하도록 큰길 쪽에 위치해 있었다. 만약 라이가 마차를 타고 정문 쪽으로 오게되었다면(물론 길을 잘 찾아왔다는 가정하에서) 그 모습을 당연히 봤으리라.

어쨌거나 라이는 일이 잘 풀린다며 희희낙락해서는 작은 철문 앞에 서서 기분 좋게 문을 두드렸다.

쿵쿵쿵!

곧이어 철문 상단 쪽에 있는 작은 구멍이 철컥 열리는가 싶더니 곧바로 닫힌다. 그리고 활짝 열리는 철문. 라이는 상대가 자신을 알아본 것이라고 생각하고 성큼성큼 철문 안으로 걸어 들어갔다.

환한 햇볕이 내리쬐는 밖에서 실내로 들어선 순간 눈앞이 캄캄하게 바뀐다. 그런데 놀랍게도 몇 발자국 채 들어가지 않아, 또다시 예전에 느꼈던 그 서늘한 감각이 여기저기에서 일어나는 것이 느껴졌다.

"이런 씨발! 이 새끼들은 사람도 제대로 확인하지 않고, 무작정 공격하고 지랄이야."

눈앞도 잘 보이지 않을 정도로 어두웠지만 라이는 재빨리 손을 움직여 방어를 시작했다. 그의 손에는 언제 뽑아들었는지 허리에 차고 있던 롱 소드가 들려 화려한 궤적을 수놓고 있었다.

챙! 챙!

아마 다란툼의 샐러맨더 요새에서의 경험이 아니었다면 이들은 몽땅 다 토막이 난 채 사방으로 흩뿌려졌으리라. 하지만 이제 어느 정도 요령을 터득한 라이다. 이런 하수들을 상대로 전력을 다하지는 않았다. 그저 적당히 힘 조절을 하며 그들의 공격을 흘릴 뿐이다.

곧이어 어둠에 적응한 시야에 주변의 광경이 들어왔다. 라이를 둘러싸고 있는 사내들은 넷. 모두들 토막 난 무기를 든 채 어리둥절한 얼굴로 서 있었다. 마치 자신에게 무슨 일이 벌어진 것인지 믿지 못하겠다는 듯.

라이가 아무리 살펴봐도 눈에 익은 얼굴은 하나도 보이지 않았다.

"부두목은 지금 어디 있냐? 부두목한테 안내해라."

그때 제정신을 차린 녀석 중 하나가 갑자기 품에서 호각을 꺼내 불기 시작했다.

삐이이이익!!

라이는 그걸 뻔히 보면서도 이들이 블루썬더 패거리일 것임을 의심치 않고 있었기에 별다른 제재는 가하지 않았다.

"나는 적이 아니야. 쓸데없는 짓 하지 말고 나를 부두목한테 안내하기나 해. 그러면 내가 누군지 알게 될 테니까."

"부두목? 검을 쓰는 것도 그렇고, 이거 제법 거물인 모양이네."

비릿한 웃음을 흘리는 사내들을 바라보며 라이는 자신이 뭔가 실수한 게 아닌가 생각했지만, 아무리 고민해도 자신이 뭘 잘못하고 있는지 알 수가 없었다. 하지만 라이가 어떻게 해야 할지 망설이고 있는 동안, 주위의 상황은 점점 더 이상하게 흘러갔다.

쩔그럭거리는 요란한 쇳소리를 울리며 달려 들어오는 10여 명의 장한들!

그들의 갑주를 보며 라이는 고개를 갸웃하지 않을 수 없었다. 블루썬더 패거리들은 이곳 요새에서 흔히 볼 수 있는 몬스터 사냥꾼으로 위장하기 위해 둔기공격의 방어에 특화된 대몬스터용의 갑옷을 착용했었다. 하지만 이들은 그게 아니었다. 모두들 사슬갑옷 같은 도검 방어에 특화되어 있는 갑옷을 입고 있다.

"다 어디로 튀어 버렸나 했더니, 이 멍청한 놈은 제 발로 걸어 들어왔네."

"부두목을 찾아왔답니다."

"호오~, 잘됐군. 얘들아, 죽이지 말고 꼭 생포하도록 해라. 알겠냐?"

그제서야 라이는 감을 잡았다. 이들이 블루썬더 패거리가 아니라는 것을.

"튀었다가 제 발로 걸어들어왔다고? 너희들 혹시 블루썬더 패거리 아니냐?"

사내들 중 하나가 피식 웃긴 했지만, 라이의 의문에 이죽거리며 대답을 해줬다.

"블루썬더? 하여튼 좀도둑 새끼들이 이름은 거창하게 지어요. 우리는 그 이름도 찬란한 샐러맨더 파의 조직원들이다. 들어본 적이 단 한 번이라도 있다면 쓸데없는 저항 그만두고 칼을 버려라. 꿇어앉아 싹싹 빈다면 목숨만은 살려줄지도 모르지."

"샐러맨더라고? 그럼 여기에 있던 녀석들은 다 어디로 갔냐?"

"보아하니 투항할 생각은 없는 모양이군. 얘들아, 쳐라!"

자신 있게 명령을 내렸지만, 곧이어 사내는 자신이 얼마나 잘 못된 판단을 한 것인지 깨달을 수 있었다. 아직 솜털도 제대로 못 벗은 애송이 한 놈과 겁에 질린 여자애 하나. 그에 비해 이쪽은 오랜 세월 함께 하며 그 실력이 어떤지 너무나도 잘 알고 있는 부하들이다. 그리고 전투를 대비하여 모두들 단단하게 무장을 갖추고 있었기에, 설령 이곳 요새도시를 지키고 있는 경비병들을 상대로 한다 해도 결코 밀리지 않을 거라 자부하고 있었다.

하지만…….

"크어억!"

"크윽!"

"이, 이럴 수가……. 네 녀석은 도대체 뭐냐?"

명성이 높은 모험가나 기사처럼 보이기만 했어도 이런 질문은 하지도 않았을 것이다. 아무리 봐도 애송이처럼 보이는데, 어떻게 저렇게 강할 수가 있느냐는 말이다.

순식간에 부하들이 바닥을 나뒹굴고 있는 것도 믿기 힘들었지만, 자신의 손에서 검이 언제 튕겨져 나갔는지도 알 수가 없었다. 그렇다! 튕겨져 나가버린 것만 같았다. 지금껏 자신의 뜻대로 움직이며 수많은 사람들을 벴던 검이었는데, 녀석을 베려고 하는 순간 자신의 손아귀를 찢어 버리고 달아나 버린 것이다. 마치 살아있기라도 한 것처럼……

"명령을 내리는 걸 보니, 네놈이 여기서 지위가 제일 높은 모양이지?"

하지만 사내는 아직 라이와의 접전에서 받은 충격에서 못 벗어나고 있었다. 손아귀가 찢어져 버린 자신의 손을 내려다보며 멍하니 서 있을 뿐이었다.

"……."

"여기에 있던 녀석들은 다 어디로 갔지?"

"모른다."

"몰라?"

라이는 사내를 붙잡아 벽으로 집어 던져 버렸다.

"컥!"

외마디 비명과 함께 벽에 부딪치더니 바닥으로 쓰러지는 사내. 라이는 그런 사내에게로 다가가 발을 콱 밟으며 물었다.

우두둑.

"이래도?"

"크윽!"

사내는 목이 긴 장화를 신고 있었다. 무릎까지 올라오는데다,

가죽도 소가죽보다 훨씬 두껍고 질긴 몬스터의 것으로 되어 있었기에 상당한 방어 능력이 있었지만, 어떻게 된 일인지 라이가 짓밟아대자 흡사 절구로 짓이기는 듯한 지독한 고통이 몰려왔다.

"모, 모른다."

라이는 발을 들었다가 힘껏 아래로 내리찍었다. 천근추까지 운용하고 있었기에 사내의 다리뼈는 콰직 하는 소리와 함께 가루가 되어 버리고 말았다.

"크아아악!"

"이래도 몰라? 어? 기절해 버렸네. 뭐, 괜찮아. 아직 물어볼 놈들은 많이 남아있으니까."

라이는 사내 옆에 쓰러진 채 부들부들 떨며 바라보고 있던 녀석에게로 몸을 돌렸다.

"이봐, 넌 내 질문에 대답해 줄 수 있겠지?"

쓰러져 있는 샐러맨더 파의 행동대원들 중에서 거의 절반은 아직 목숨을 부지하고 있었다. 상대의 숫자가 열넷이나 되다 보니 첫 번째 충돌 때와는 달리 적당히 봐주면서 공격을 할 수는 없었기 때문이다. 그리고 사실 이들 모두를 살려둘 필요가 없는 것도 작용을 했고.

옆에서 멍하니 서 있던 릴리는 라이의 행동이 점점 더 잔인하게 변해가자 더 이상 공포심을 이기지 못하고 슬금슬금 뒷걸음질치기 시작했다.

잭이라는 의문의 사내를 지금껏 그녀는 아주 좋게 보고 있었다. 아버지의 원수를 갚아주었을 뿐만 아니라, 같이 지내는 동안 그녀의 몸에 손끝 하나 대지 않는 아주 점잖은 성품의 사내였기 때문이다.

하지만 지금 보여주는 잔인한 모습에 그녀는 치밀어 오르는 공포를 도저히 참을 수가 없었다. 무심결에 뒷걸음질을 치다 보니 어느덧 그녀의 몸은 철문 근처까지 와 있었다.

그녀는 철문 쪽을 살펴본 후, 다시 한 번 잭의 눈치를 살폈다. 다행히도 잭은 이쪽으로는 시선조차 돌리지 않고 있다. 그녀는 용기를 내어 철문 밖으로 살그머니 나갔다.

만약 이때 잭이 '너 어디로 가는 거야?' 라고 했다면 그녀는 재빨리 돌아왔을 것이다. 하지만 밖으로 나온 후에도 잭으로부터는 그 어떤 질책도 없었다. 철문 밖으로 나온 그녀는 힘껏 달리기 시작했다. 저런 미친놈과 함께 있다가는 언젠가는 저쪽에 쓰러져 있던 사내들과 같은 꼴이 될 게 뻔하다고 생각했으니까.

잠시 후, 라이는 인상을 찌푸리며 투덜거렸다. 이미 그의 앞에 쓰러져 있는 샐러맨더 조직원들 중에서 살아있는 자는 단 한 명도 없었다. 처음부터 그들을 살려줄 생각이 없었던 것이다.

다란툼 여관에서 깡패 녀석들과 시비가 붙었을 때, 바보같이 적당히 손을 쓴 덕분에 자신이 어떤 꼴을 당했던가. 이곳에 와서 블루썬더 패거리와 합류하지도 못한 상황인데, 또다시 요새 경비병들과 갈등을 빚게 된다면 블루썬더 패거리와의 합류는 더욱 힘들어지게 될 게 뻔했다. 그런 이유 때문에 녀석들의 입을 막기 위해서는 죽여 없앨 수밖에 없는 것이다.

"결국 아는 게 하나도 없는…, 아니군. 루크 녀석이 배신했다는 건 좋은 정보였어. 루크가 배신했으니 부두목도 서둘러 이곳을 포기하고 빠져나가는 수밖에 없었겠지. 그건 그렇고 어디로 도망친 건지 알아야……."

그때 뭔가를 떠올렸는지 라이는 손가락을 딱 튕겼다. 그렇다. 알아낼 방법이 있었다. 자신이 릴리와 함께 먼저 출발했다는 걸 안 조장들이 급히 뒤따라 올 게 틀림없다. 그들과 만나 상의해 보면 될 게 아니겠는가.

"맞아. 그놈들이 있었지."

라이는 철문 쪽으로 고개를 돌리며 소리쳤다.

"릴리! 갈 곳이…, 응?"

라이는 그제서야 릴리가 사라졌다는 걸 알았다. 설마 납치를……? 하는 생각이 들었지만 곧이어 그는 고개를 가로저었다. 납치되었을 리 없다. 만약 샐러맨더 패거리의 지원 병력이 왔었다면 고문한다고 정신이 팔려있던 자신의 뒤를 기습했겠지, 릴리를 납치했을 리가 없지 않은가.

'그럼 어디로 간 거지? 분위기가 흉흉하니, 밖에 나가서 바람이라도 쐬고 있는 건가?'

라이는 철문 밖으로 나가 주변을 살펴봤지만 릴리를 찾을 수는 없었다.

'도대체 어디로 간 거지?'

시체들만 즐비하게 쓰러져 있는 건물 안에 홀로 있을 생각이 없었던 라이는 일단 밖으로 나왔다. 그리고 조장들을 기다리는 것 말고는 딱히 할 일이 없었기에 그는 릴리부터 찾아 거리를 돌아다녔다. 혹, 필요한 게 있어서 뭔가를 구입하러 나갔을 수도 있다고 생각했던 것이다. 하지만 그는 릴리를 찾을 수 없었다.

자네 혹시 사막에 가 봤나?

35

암살계의 노선배

월터가 사라진 후, 파벨은 잠도 제대로 자지 못한 채 주변을 감시하는 데 전력을 다했다. 이대로 앉아서 허무하게 죽을 수는 없다는 오기 때문이었다.

하지만 이리저리 뛰어다니며 밤을 새우는 거라면 몰라도 아늑한 방안에서, 줄기차게 수면을 유혹하는 침대를 옆에 두고 잠을 참는 건 너무나도 힘든 일이었다. 더군다나 언제 공격을 받을지 모르는 상황은 그녀의 정신을 극도로 빨리 소모시키고 있었다.

다음날이면 온다고 했던 월터는 오지 않았다. 그리고 그 다음날, 따뜻한 오후……. 파벨은 햇볕이 들어오는 따뜻한 창가에 앉아 꾸벅꾸벅 졸고 있었다. 너무 피곤했던 것이다.

이때, 갑자기 문 두드리는 소리가 들려왔다.

똑똑!

파벨은 화들짝 일어서긴 했지만, 작금의 상황을 이해할 수 없다는 듯 문 쪽을 바라봤다. 누가 문을 두드리고 있는 거지?

이때, 굵직한 음성이 들려왔다.

"이봐, 안에 없어? 젠장, 밖에 나갔나?"

바짝 긴장하고 있던 파벨의 입에서는 자신도 모르게 안도의 한숨이 터져 나왔다. 들려온 목소리는 자신의 기억에 있는 것이었다. 그렇기에 그녀는 급히 달려가 상대의 발자국 소리가 멀어지기 전에 문을 벌컥 열었다. 뒤돌아 걸어가고 있던 월터가 문 열리는 소리에 고개를 뒤로 돌리는 게 보였다. 틀림없는 월터였다. 파벨은 반가움에 눈물이 왈칵 쏟아져 나왔다.

"돌아오셨군요."

자신이 버림받았다고 생각하며 배신감과 두려움에 홀로 떨고 있던 파벨이었으니, 월터의 등장이 반갑지 않을 수 없었다. 하지만 그녀의 그런 격한 반응은 월터로서는 전혀 예상하지도 못했던 뜻밖의 것이었다. 겨우 사흘 보지 않았을 뿐인데, 뭘 저렇게 간겨하고 난리지? 어이가 없었던 월터는 떨떠름한 목소리로 물었다.

"나간 줄 알았는데, 자고 있었나?"

"아뇨. 괜찮아요."

피곤에 찌든 얼굴을 보고, 월터는 그녀가 최선을 다해 임무 수행을 하고 있었던 거라고 해석했다. 꽤 사명감이 있는 녀석을 소개해 줬군. 물론 여자라는 건 마음에 안 들지만…….

"내려가서 같이 식사나 하지. 내가 없는 동안 혼자 감시하느라 피곤했던 모양인데, 좀 먹고 푹 쉬도록 해."

"가…, 감사합니다."

월터가 도착한 다음 날, 알카사스 지부에서 나온 안내원이 접선하러 왔다. 물론, 월터에게 온 게 아니라 미끼와 접촉했다는 말이다. 그것을 보며 월터는 고개를 갸웃하지 않을 수 없었다. 전에는 안내원이 오기 전에 습격을 받았었다. 그런데 이번에는 제대로 접선이 이뤄졌다.

'정보부 말대로 그때는 우연이었나?'

그런 생각이 들었지만 월터는 애써 고개를 가로저었다.

'그럴 리가 있나. 그 많은 마법사와 기사들. 더군다나 놈들은 다짜고짜 기습공격부터 시작했어. 우연일 수가 없지.'

미끼는 그 안내원의 안내를 받아 알카사스 서부로 이동했다. 그리고 그 뒤를 월터는 파벨과 함께 은밀하게 쫓았다. 어떤 때는 어쩔 수 없이 미끼와 함께 이동하게 되기도 했었는데, 그런 때는 전혀 안면이 없는 척하며 서로를 외면했었다.

이동마법진을 통해 알카사스 서쪽 끝단의 성읍도시 링카에 도착하자 주변 경치가 완전히 바뀌어 있었다. 알카사스의 동쪽 끝단에서 서쪽 끝단으로 이동했으니 그럴 수밖에 없었다. 이색적인 모양의 나무들과 동물들. 링카 성에서 서쪽으로 나흘 정도만 이동하면 알카사스 국경선에 도달하게 된다. 아마 습격이 있다면 그 안에 이뤄질 거라고 월터는 생각했다.

링카 성은 사막을 건너오는 산물들이 통과하는 교역의 중심지이자, 서쪽 방어선의 중심이기도 했다. 그만큼 성의 규모는 상상을 불허하는 규모였다. 수많은 인파와 마차, 수레들이 길을 꽉 채우며 이동하는 것을 본 파벨은 떡 벌어진 입을 다물지를 못했다.

하늘을 찌를 듯 높게 솟아올라 있는 거대한 탑. 저 마법탑이야 말로 마도왕국 알카사스의 상징물이었다. 월터는 잠시 마법탑을 바라본 후, 시선을 중천에 떠 있는 태양 쪽으로 옮겼다. 이곳은 사막에 지어진 성읍이라고 들었는데 전혀 뜨거운 열기가 느껴지지 않았다. 마법의 힘 덕분일 것이다.

"기후조작 마법의 수준이 정말 놀랍네요."

"서로 간에 추구하는 바가 다르지. 이들은 생성된 에너지를 기후조작에 돌리고 있고, 우리 쪽은 방어에 돌리고 있으니까."

"……."

맞는 말이었다. 사실, 온화한 기후와 풍요로운 대지를 가지고 있는 코린트 제국은 굳이 기후조작에 방대한 에너지를 투입할 필요성을 느끼지를 못한다. 그 외에도 에너지를 쓸 곳이 얼마나 많은데…….

"저쪽으로 가자."

그들은 적당한 거리를 두고 미끼의 뒤를 따라가는 중이다. 누군가 엿보고 있는 자가 있을지 모르기에, 서로 모르는 척하고 있는 중이다. 그리고 안내역으로 합류한 인물은 월터와 파벨의 존재를 전혀 모르고 있었고.

"방금 전에 나간 손님들이 구입한 물품들, 우리들에게도 주시오."

"사막을 건너려고 하십니까?"

"그렇소."

상인은 월터와 파벨을 힐끗 바라보더니 씁쓸한 미소를 감추지 못했다. 이곳에서 오랜 세월 장사를 해온 만큼, 눈앞의 손님이 사막을 단 한 번도 가본 적이 없다는 것을 한눈에 꿰뚫었기 때문이다.

조작된 온화한 기후만 생각하고 사막에 도전하는 것만큼 명청한 짓이 없다. 더군다나 사막지역에 서식하고 있는 강인한 몬스터들은 저딴 얄팍한 롱 소드 따위로는 대적조차 불가능했다.

"상단과 동행하실 겁니까?"

파벨의 옷차림은 약간 고급스런 것이었지만 자신의 행색이 남루하기 짝이 없다는 걸 월터는 잘 알고 있었다. 아마 주변 사람들은 월터를 파벨을 모시고 이동하는 호위나 용병쯤으로 생각하고 있을 것이다. 파벨이 후드를 벗고 있었다면 한눈에 마법사라는 걸 알아봤을 테니 이런 친절을 베풀지도 않았겠지만 말이다.

평소 같았으면 정보 수집을 위해 상인과 이런저런 얘기를 나눴을 것이다. 하지만 월터는 지금 그러고 있을 시간이 없었다. 미끼와 너무 멀어지면 안 되는 것이다. 그렇기에 그는 상인의 말문을 막기 위해 일부러 퉁명스런 어조로 대꾸했다.

"이미 계약해 놓은 상단이 있소. 그러니 물건이나 빨리 챙겨주시오."

"아…, 예. 그러셨군요. 잠시만 기다리십쇼."

상인은 황급히 물건을 챙겨 월터에게 건넸다.

링카 성에 도착한 지 얼마 지나지도 않아 그들은 사막을 건널 수 있는 완벽한 준비를 갖출 수 있었다. 식량과 밤에 덮을 두터운 담요 등 각종 물품들은 물론이고, 낙타라는 해괴하게 생긴 승용 짐승까지 두 마리 구입했다.

"자네 말…, 아니 낙타는 탈 줄은 알겠지?"

물론 탈 줄 안다고 파벨은 대답했었다. 하지만 낙타를 타고 얼마 가지도 않아 월터는 눈치챘다. 그게 거짓말이었다는 것을. 하지만 월터는 그리 걱정하지 않았다. 낙타를 타고 사막을 내달릴 것도 아니었고, 천천히 걸어가는 녀석 위에 앉아 있기만 해도 될 것이기 때문이다.

그리고 그녀의 필요성은 며칠 후에는 사라진다. 복수전이 끝나고 나면, 서부지부장과 함께 돌려보낼 생각이었던 것이다.

링카 성문을 벗어나자마자 방금 전까지 온화하게만 느껴졌던 태양이 본성을 드러내며 주변 온도가 급상승하기 시작했다. 숨이 턱턱 막힐 정도로 무시무시한 열기였다. 얼마 지나지 않아 지평선 아래로 모습을 감출 텐데도 이 정도니, 본격적으로 중천에 떠 있을 때는 그 열기가 어느 정도나 될지 상상도 되지 않을 정도다. 이렇기 때문에 모두들 사막에서는 주로 밤에 이동하는 것이리라.

사막이라고 해서 완전히 모래밭인 것만을 상상했었는데, 의외로 군데군데 풀이 많이 자라 있었다. 그 때문에 전체적인 정경은 드넓은 황무지하고 비슷했다. 나무가 거의 없는 것만 뺀다면…….

월터는 묘한 감흥에 자신도 모르게 중얼거렸다.

"이게 사막인가……."

열사의 사막을 뚫고 들어가 임무를 수행할 걸 생각하면 욕이 절로 나오는 상황이었지만, 그래도 단장인 크로데인 공작이 자신에게 했던 제안이 떠올라 헛웃음이 먼저 나왔기 때문이다.

「월터, 자네 혹시 사막에 가 봤나?」

가보지 않았다는 자신의 대답에 크로데인 공작은 잘됐다는 듯 환하게 웃으며 말했었다.

「그럼 잘됐군. 이번 기회에 사막이란 게 어떤 곳인지 구경이나 좀 하고 오게. 이곳과는 풍광이 전혀 다를 거야. 그러니 가서 두루두루 살펴보고 견문 좀 넓히고 오라고.」

그때 생각이 떠오르자 울컥 속이 뒤집히지 않을 수 없었다.

"젠장, 그렇게 보고 싶으면 자기가 직접 갈 일이지……."

월터의 중얼거림에 강한 짜증이 어려 있는 건 느꼈지만, 무슨 말인지 제대로 알아듣지 못한 파벨이 당황해서 질문을 던져왔다.

"예? 뭐라고 하셨습니까? 월터님, 목소리가 작아서 잘……."

"아, 혼잣말이었을 뿐이야. 그건 그렇고, 자네는 사막에 와본 적이 있나?"

"아뇨. 이번이 처음입니다."

"그럼 이 근처 지리에 대해서는 전혀 모르겠군."

"와본 건 처음이지만, 어느 정도는 알고 있습니다. 특히 이 일대의 경우, 알카사스의 중요한 교역로이기에 많은 정보가 흘러

들어오고 있거든요."

"그거 다행이로군."

월터는 어둑해지고 있는 앞쪽 먼 곳을 손가락으로 가리키며 물었다.

"앞쪽에 마을 같은 건 있나? 아니면, 링카 성이 끝인가?"

"물론 있습니다. 저렇게 보여도 사막 안에서도 물이 나오는 곳이 간혹 있거든요. 거기를 중심으로 마을이 건설되어 있는 거죠."

"하기야…, 그런 게 있으니까 사막 민족 녀석들이 번성하고 있는 거겠지."

잠시 후, 해가 지기 시작하며 놀라운 장관이 펼쳐졌다. 황금색, 혹은 갈색에 가까운 색상을 띠고 있는 사막에 노을이 지자 붉은색이 더욱 붉게 물들며 보는 이의 마음을 경건하게까지 만들어줬다.

"저 모습 하나만 해도 여기에 온 보람이 있네요. 저런 장관은 정말 처음이에요."

노을 탓인지 몰라도 얼굴이 새빨간 색으로 물든 파벨이 감동 어린 어조로 중얼거렸다. 입으로 표현하지는 않았지만 월터도 그녀의 의견에 동감이었다. 저 모습 하나만으로도 여기에 온 보람이 있다고. 하지만 저 사막 안쪽에서 무슨 일을 겪게 될지 그건 아무도 모른다. 지금껏 저곳에 투입된 사람들 중 돌아온 사람은 단 한 명도 없었다. 아무리 사막 민족이 강하고, 또 경계가 삼엄하다고 해도 그건 너무나도 이상하지 않은가.

그런데 이때, 월터의 기감(氣感)에 강인한 존재감이 잡혔다. 그는 급히 파벨에게로 시선을 돌렸다. 그런데 그녀는 주변 경계는 안중에도 없고, 그저 노을이 붉게 물든 서쪽 하늘만 넋을 놓고 바라보고 있는 중이다.

월터는 한숨을 푹 내쉰 후, 강렬한 존재감을 은은히 뿜어내고 있는 상대를 관찰하기 시작했다. 서로 간의 거리가 꽤 떨어져 있는 덕분인지 아직 상대는 월터의 존재를 눈치채지 못한 듯했다. 상대의 시선도 파벨처럼 노을을 향하고 있었다.

'쯧, 사내놈이 꽤나 감상적이군. 노을 따위에 정신이 팔려……?'

여기까지 생각하던 월터는 곧 자신의 짐작이 틀렸다는 걸 깨달았다. 사내라고 착각할 정도로 엄청난 근육질의 신체를 지닌 상대는 남자가 아니라 여자였던 것이다. 낙타에 타고 있기에 정확한 신장을 가늠하긴 힘들었지만, 키도 꽤 큰 듯 보인다. 그리고 낙타 안장에는 중병기의 대명사라 할 수 있는 바스타드 소드(Bastard Sword)가 매여 있었다. 무게가 10킬로그램씩이나 나가는 저런 중검을 애용하는 건 사내들 중에서도 찾기 힘들었다. 그런데 하물며 여자들 중에서 저런 걸 쓰는 사람이 있을 줄이야. 정말 타고난 신력을 갖춰야 가능한 일이었다.

"호오, 제법 저릿저릿한걸. 알카사스에 저만한 기사가 있을 줄이야. 4대 강국에 들어간다는 게 허언은 아니었던 모양이군. 저 여자가 내 상대라는 건가?"

씨익 살기 어린 미소를 짓는 월터. 저 정도 수준의 기사라면 감히 자신에게 도전해 온다 해도 용서해 줄 수 있을 거라는 생각이 들었다. 문제는 저 여자 혼자만이 동원된 게 아닐 거라는 점이다.

'저런 여자가 넷 정도만 되어도, 파벨의 안전은 보장하기 힘들겠군.'

하지만 파벨도 흉험하기 짝이 없는 정보부에서 잔뼈가 굵어 온 마법사인 만큼 만일의 사태가 벌어지면 알아서 대처할 거라는 생각도 들었다.

'뭐, 좀 믿음이 가지 않는 게 사실이긴 하지만, 잘해낼 거야. 어찌 되었든 정보부 요원이잖아.'

월터는 뜻밖에 만난 상대에게 바짝 주의를 기울였다. 상대가 어떻게 나올까? 아니, 상대의 반응을 기다릴 거 없이 이쪽에서 선수를 치는 게 좋지 않을까? 지금이라면 그리 어렵지 않게 해치울 수 있을 거 같은데…….

상대를 힐끔거리며 어떻게 할까 고심하고 있을 때였다. 노을을 바라보고 있던 상대가 슬쩍 시선을 돌려 월터를 본다. 그러면서 살짝 미소를 짓는 상대. 미인이라는 말은 어울리지 않는 얼굴이었지만, 나름 매력이 있는 얼굴이었다. 온몸의 근육질만큼이나 여자치고는 강인한 인상을 지니고 있다는 게 문제였지만. 그런 여자가 이쪽을 보고 미소를 지으니, 꼭 먹잇감을 눈앞에 두고 어떻게 잡아먹을 것인지 궁리하며 희색이 만연한 듯 보인다.

지금껏 여자의 시선을 받아보고 등골에 소름이 쫙 끼쳐보기는 난생 처음인 월터였다. 그는 급히 다른 쪽으로 시선을 돌리며 딴전을 피웠다.

"파벨, 아무리 낙타에 타고 있다고 하지만 앞을 잘 봐. 자칫 떨어질 수도 있으니까."

"주의하겠습니다, 월터님."

월터는 낙타를 천천히 몰며 어둠에 가려져 있는 사막 속 깊이 들어가기 시작했다. 그의 시선은 앞을 향하고 있었지만, 그의 온 신경은 자신의 뒤를 따라오고 있는 미지의 적에게 집중되어 있었다.

"지금 주변을 탐색해 봐. 뭔가 걸리는 게 있나?"

그러자 곧바로 주문을 외운 후 잠시 주변을 두리번거리던 파벨이 대답했다.

"주변에 신경 쓰실만한 인물은 아무도 없습니다."

"뒤쪽에도?"

"예. 뒤쪽에는 네 명으로 이뤄진 대상(隊商)이……."

여기까지 말하던 파벨은 흠칫하더니 재빨리 월터의 안색을 살펴온다. 그제서야 그녀는 깨달은 것이다. 저 뒤쪽에서 수십 마리의 낙타에 짐을 가득 싣고 따라오고 있는 대상의 인원이 모두 여섯 명이라는 것을.

네 명은 뷰 마나 포스의 효과로 인해 온몸이 특이한 색깔로 얼룩져 보이고 있다. 두 명은 일반인이었고, 두 명은 꽤나 무예를 연마한 듯 보인다. 하지만 문제는 나머지 둘이었다. 시커먼 윤곽만 보이고 있을 뿐, 그들의 마나 상태가 어떤지는 전혀 보이지 않고 있었다. 마치 그녀의 옆에서 낙타를 몰고 있는 월터처럼…….

파벨은 애써 두려움을 감추며 나지막이 월터에게 속삭였다. 정체불명의 무리와는 꽤나 거리가 떨어져 있음에도, 행여 그들이 자신의 음성을 듣기라도 할까 두려워하는 것처럼.

"적인가요?"

"아직은 모르겠어. 적인지…, 아니면 우연히 지나가는 모험가들인지……. 하지만 한 가지는 분명해. 결코 방심해서는 안 된다는 것 말이야."

"예, 월터님."

＊　　　＊　　　＊

라이는 조장들과 합류하기만 하면 곧바로 부두목을 찾을 수 있을 거라고 생각했지만, 그가 부두목을 만난 것은 조장들과 합류한 후 거의 일주일이 지난 후였다. 그것도 거리를 샅샅이 뒤지고 있던 조장들 중 하나가 우연히 밖으로 나온 동료를 찾아낸 덕분에 합류에 성공할 수 있었다.

"갔던 일은 어떻게 됐나?"

부두목, 아니 이제 두목이 된 박스터는 라이를 보자마자 다짜고짜 이 질문부터 던져 왔다. 그로서는 궁금하기도 했을 것이다. 최근 샐러맨더 파에서 수색을 적극적으로 하지 않고 있는 것으로 미루어 보아 그쪽에 무슨 일이 벌어진 거라고 짐작은 하고 있었다.

하지만 설마, 정말로 잭이 해낼 거라고는 언감생심 바라지도 않고 있었다. 이건 정말 기적이었다!

이렇게 되면 요새를 탈출할 필요조차 없어졌다. 아니, 이 기회를 이용하여 그 막강했던 샐러맨더 파를 자신들이 흡수할 수 있는 가능성마저 생긴 것이다.

"정말 수고가 많았네. 이만 가서 푹 쉬도록 하게. 나머지는 내가 알아서 하지."

두목은 알리에게 명령했다.

"잭을 가장 좋은 숙소로 안내해라."

"예, 두목."

"아니, 그럴 필요 없어. 전에도 말했듯이 나는 떠날 거야. 내가 전에 말했던 거 준비해 놨겠지?"

라이가 말하는 게 위조신분증이라는 건 박스터도 잘 알고 있었다. 하지만 그는 라이를 떠나게 놔둘 수가 없었다. 그가 얼마나 귀중한 존재인지 잘 알고 있었으니까. 무슨 짓을 해서라도 잡아둬야 하는 것이다.

"미안하네. 미처 준비하지 못했어. 자네도 잘 알거 아닌가? 그 이후로 많은 일이 벌어졌다는 것을."

"……."

이미 이런 대답이 나올 줄 알고 물은 거였다. 하지만 라이는 일부러 뚱한 표정을 짓고 있었다. 그걸 보고 박스터는 급히 말을 이었다.

"걱정하지 마. 이 일이 정리가 되는 대로 확실하게 처리해 줄 테니까. 완벽한 신분증을 만들려면 관의 협조를 받아야 하기에 시간이 좀 걸리는 것뿐이야."

"관의 협조를 받아야 한다고?"

꽤 그럴듯한 대답이다. 하기야 그렇게만 된다면 완벽할 수밖에 없을 것이다. 신분증을 발행하는 기관에서 만든 신분증. 즉, 그건 더 이상 위조가 아니라 진짜 신분증이라는 말이 되는 거니까.

"그게 가능할까?"

"가능하지. 샐러맨더 파가 붕괴된 그 자리를 우리가 파고 들어갈 거니까. 영주에게는 자신을 대신해서 더러운 일을 처리해 줄 조직이 필요하거든. 그리고 그건 꼭 샐러맨더 파일 필요는 없지. 안 그런가?"

자신의 말을 알아들었는지는 모르겠지만 잭이 미소를 짓자 박스터도 마주 미소를 지었다. 물론 미소의 색깔은 조금 달랐다. 라이의 것에 씁쓸함이 묻어 있었다면, 박스터의 것은 음흉함이 듬뿍 묻어 있었으니까.

"자자, 신분증이 만들어질 때까지 푹 쉬고 있으라고. 알리, 잭을 최고로 좋은……."

"아니, 여관은 필요 없어. 인적이 없는 곳에서 수련을 좀 하고 싶은데, 괜찮은 장소 알고 있는 데 없나?"

라이의 물음에 박스터는 잘됐다는 듯 활짝 미소 지으며 대답했다.

"아, 그런 데라면 많지. 산채(山寨)를 쓰면 편리할 거야. 알리,

넓적바위 동굴로 잭을 안내해 줘. 그리고 필요한 물품도 장만해 주고."

언제까지라도 잭을 붙잡아두고 싶었던 박스터였기에 얼마나 머물 건지는 아예 물어보지도 않았다. 그로서는 잭이 거기에서 한도 끝도 없이 처박혀 있길 바랬으니까.

"예, 두목."

"그리고 또 필요한 거 없나?"

"참, 이쪽으로 올 때 데리고 온 릴리라는 여자애가 있는데, 걔가 어디에 있는지 찾아봐 주면 좋겠는데……."

"릴리?"

인상을 찌푸리며 뭔가 생각하는 듯한 박스터를 보며, 라이는 급히 덧붙여 말했다. 박스터의 고민이 뭔지 눈치챘기 때문이다.

"나하고 함께 갔었던 조장들이 어떻게 생긴 애인지 알고 있어. 찾으면 나한테 기별만 해주면 돼. 나한테 끌고 올 필요는 없고 말이야."

"알았어. 그렇게 해 주지."

"그럼 부탁하지."

알리와 함께 잭이 나간 후에야 박스터는 잭이 자신에게 존칭 비슷한 것도 쓰지 않고 대화를 했었다는 것을 깨달았다.

'뭐, 이제 떠날 거라고 생각할 테니 그럴 수도 있겠지.'

처음부터 그랬지만 라이는 그의 부하가 아니었다. 일종의 동업자였다. 위조신분증을 미끼로 한……. 문제는 그게 얼마나 오랫동안 먹혀들어갈지 알 수가 없다는 거였지만.

"큰일이야. 떠날 때 떠나더라도 조직이 좀 안정된 뒤에 떠나야 할 텐데……. 녀석을 붙잡아 둘 좋은 방법이 없을까?"

한 가지 희망이 있다면 잭이 위조신분증을 원한다는 거였다. 뭔가 문제가 있다는 뜻이다. 그런 만큼 성심껏 잘 구슬리면 녀석의 마음이 흔들릴 수도 있지 않을까? 지금껏 알게 모르게 갖은 고생을 했었을 테니 말이다.

"짐은 그거뿐이…, 야?"

알리는 꽤 탄탄한 경력을 갖추고 있는 중간보스급이다. 더군다나 예전부터 박스터와 친하게 지냈었기에, 그가 두목이 된 이후 그의 위치는 다른 중간보스들보다는 약간 더 윗줄에 놓여 있다고 봐야 했다. 그에 비해 잭은 이제 채 스무 살도 되지 않은 새파란 애송이다. 두목의 지시에 따라 그를 데리고 나오며 무심결에 말을 걸었는데, 끝마무리를 어떻게 해야 할지 찜찜한 것이다.

잭의 겉모습은 저렇게 어려 보여도 단신으로 샐러맨더 파를 박살 내 버린 괴물이다. 더군다나 두목과는 야자하며 말을 놓고 있는 걸 옆에서 봤지 않은가. 그런 사람한테 반말을 해도 괜찮을까? 혹시 나중에 시비를 걸기라도 하면 어쩌지?

하지만 다행히도 알리의 우려와 달리 잭은 담담하게 맞받았다.

"응. 원래 이리로 들어올 때부터 빈털터리였어."

"산채에서는 얼마나 지낼…, 건데?"

"아직 계획은 없어. 일단 한 달 정도 있어 보면서 생각해 봐야지."

"한 달이나 있을 거면 준비할 게 한두 가지가 아니겠…, 네."

알리는 곰처럼 생긴 것과 달리 꽤 꼼꼼하게 준비물을 챙겨 줬다. 한 달이나 있어야 하는 만큼 음식물이 부패하지 않아야 하겠지만, 그보다는 바짝 말린 건조식량으로 준비하지 않으면 그 양이 엄청나게 많아진다.

다행히도 산채 안에는 기본적인 살림도구들이 있었고, 만일을 대비한 비상식량도 넉넉하게 준비되어 있었다. 그 때문에 알리는 산채에 비축되어 있지 않은 걸 위주로 해서 구입했다. 라이로서는 그곳에 어떤 물품이 있는지를 알 수가 없었기에, 모든 건 알리가 앞장서서 처리했다.

알리의 안내를 받으며 거의 다섯 시간 동안 산길을 걸은 후에야 산채가 있다는 커다란 바위 앞에 도착할 수 있었다.

"이쪽에 산채가 있어. 어디에 있는지 알 수 있겠어?"

하루 종일 함께 하며 얘기를 나눴기에 알리의 말투는 어느덧 자연스럽게 바뀌어 있었다. 어쩌면 아예 생각하기를 포기한 것일지도…….

알리가 가리키는 방향을 아무리 봐도 인공적인 구조물은 하나도 보이지 않았다. 알리가 자랑스러운 표정을 짓고 있을 만했다. 이렇게 코앞에 접근했는데도 불구하고 외부인이 봤을 때, 산채라는 것을 알아볼 수 없도록 만들어 놨으니까.

"모르겠어. 어디야?"

알리는 바위 옆 귀퉁이에 있던 덤불더미를 옆으로 치웠다. 그러자 거기에 가려져 있던 작은 동굴 입구가 드러났다. 덤불더미를 아주 꼼꼼하게 이어 자연스럽게 보이도록 만들어 놨기에 이게 동굴 입구를 가리고 있을 거라고는 상상도 하지 못했다. 두목이 '넓적바위 동굴'이라고 하더니, 산 위쪽에 있는 바위틈에 나있는 작은 동굴을 개조하여 산채로 만들어 놓은 모양이다.

"아주 교묘하게 잘 만들었네."

"기가 막히지? 자, 안으로 들어와 봐. 더 놀라게 될 테니까."

입구가 작았기에 동굴 안으로 기어서 들어가야 한다는 게 단점이긴 했지만, 위장효과를 극대화하기 위해서 이건 어쩔 수 없는 선택이리라. 앞서 들어간 알리를 따라 동굴 안으로 기어들어 가니, 칠흑과도 같은 암흑이 기다리고 있었다.

"잠깐만 기다려. 불 켤 테니까."

탁탁 부싯돌 부딪치는 소리가 들리고 잠시 후 주위가 환히 밝아졌다. 동굴 안쪽은 기대한 것보다 훨씬 더 넓었다. 이 정도 넓이라면 다닥다닥 붙어 눕는다면 10여 명쯤은 충분히 잠을 잘 수 있을 정도였다.

알리는 방금 들어왔던 동굴 입구 쪽에 드리워져 있는 가죽휘장을 가리키며 설명했다.

"일단 들어오면 저 휘장을 잘 펼쳐서 안쪽의 빛이 동굴 밖으로 새나가지 않도록 주의해야 해. 낮에는 별 상관없겠지만, 밤이 되면 바로 들통 날 수 있거든. 아래쪽에 보이는 산길은 생각보다 꽤 많은 사람들이 오가는 길이야."

"주의하지."

동굴 안을 쓰윽 둘러보던 라이의 눈에 한쪽 구석에 마련되어 있는 아궁이가 보였다. 시커먼 숯덩이가 깔려있는 걸 보면 여기서 불을 피워도 되는 모양이다.

"저기에다가 불 피워도 되는 거야?"

라이가 물어보기를 기다렸다는 듯, 알리는 자랑스러운 표정으로 대답했다.

"물론이지. 여기다가 불을 피울 수 있도록 만드는 데 얼마나 고생을 했다고. 아궁이 안쪽으로 고개를 들이밀고 그 위쪽을 봐봐."

과연 아궁이 위쪽에는 사람 하나가 간신히 기어 올라갈 수 있을 정도 넓이의 굴이 위쪽을 향해 끝도 없이 뚫려 있었다.

이 동굴이 자연동굴인 것을 손을 봐서 적당히 넓혀놓은 거라면, 위쪽으로 뚫려있는 작은 굴은 순수하게 사람의 노동력으로 뚫어 놓은 것이었다. 얼핏 봐도 수십 미터는 넘게 파낸 것 같았다. 이 좁은 굴을 뚫는다고 얼마나 고생을 했을 것인지 상상도 되지 않았다. 도적질 몇 번 하겠다고 이런 엄청난 중노동을 감내하다니. 어떤 의미에서는 정말 존경스런 놈들이었다.

"산길에서는 볼 수 없는 곳으로 연기가 빠져나가도록 만들어 놨으니까 얼마든지 불을 피워도 괜찮아."

"이거 만든다고 고생 꽤나 했겠네?"

"물론이지. 교대로 한 명씩 들어가서 하루 종일 팠는데도 한 달 이상 걸렸어. 우리가 만든 산채들 중에서 이거 만든다고 가장 고생했지. 하지만 보람은 있었어. 저 아래쪽으로 보이는 산길이 밀수꾼들이 지나다니는 주 통로거든."

"최대한 주의를 기울여서 만들만도 했었군."

알리의 말로는 이곳 외에도 여러 개의 산채들이 있는 모양인데, 요새에서 가장 가까운 위치에 세워져 있는 게 바로 이곳이라고 했다. 사람들이 많이 지나다니는 산길을 한눈에 내려다볼 수 있는 위치에 만들어져 있는 만큼, 위장에 엄청나게 신경을 써서 만들었다고 했다. 아주 중요한 산채인 만큼, 밀수꾼들에게 들키지 않도록 주의해 줄 것을, 알리는 재삼 당부했다.

그래, 바로 이 맛이야!

35

암살계의 노선배

실험체를 인간으로 바꾼 건 아주 현명한 선택이었다고 로므렌은 생각했다. 몬스터로 실험할 때는 실험체가 제때 공급이 되지 않는 통에 실험이 중단된 적이 한두 번이 아니었다. 더군다나 그걸 10개나 되는 실험조들이 나눠 써야 했으니, 그 어려움이야 설명할 필요도 없으리라.

하지만 인간은 다르다. 노예시장에만 가도 얼마든지 공급받을 수 있다. 그것도 원하는 성별과 연령별로……. 일차적으로 로므렌이 공급해 주길 원한 건 10대~20대 정도의 인간 200명. 남녀의 숫자는 동수인 게 좋겠지만, 수급이 힘들다면 약간의 차이 정도는 상관없다고 했다.

하지만 그가 원한대로 남녀 정확히 100명씩이 공급되어 왔다. 그것도 정해진 시간에! 이게 중요했다. 정해진 시간! 이 연구소에서 키메라 연구를 시작한 이래, 그가 원한 시간에 원하는 수량의 실험 재료를 공급받은 건 이번이 처음이었다.

다른 실험조들은 아직까지도 몬스터로 실험을 계속하고 있는 상황이다. 트롤의 공급이 원활하지 않았기에 다섯 개 조는 트롤을 계속 연구하고 있었고, 2개 조는 오크로 되돌아왔다. 그리고 남은 2개 조는 주변에서 구하기 용이한 장갑도마뱀 같은 몬스터의 연구로 전환했다. 이 모든 게 트롤의 부족으로 인한 결과였다.

다른 실험조들이 실험체 부족으로 인해 제대로 연구를 진행하지 못하고 있을 때, 로므렌의 조는 실험체를 아끼지 않고 마음껏 소모하며 떠오른 모든 아이디어들을 실험해 볼 수가 있었다.

"실험체를 얼마든지 공급받을 수 있기에 큰 문제는 아니지만, 그래도 생존율이 너무 낮은 건 큰 문제로군. 200명씩이나 투입했는데도 약물을 견뎌낸 게 겨우 넷밖에 안되다니…, 쯧쯧."

"이제 시작이 아니겠습니까. 적정 투입량을 찾아낸다면 점차 좋아지겠죠. 몬스터와 달리 의사소통이 된다는 게 커다란 도움이 되고 있습니다."

확실히 그건 몬스터에게서는 겪어 보지 못한 최고의 강점이었다. 투약 후의 기분이라든지, 아니면 통증이 진행되는 상태 등을 상세하게 설명해 줄 수 있었으니까. 이제 겨우 200명밖에 희생하지 않는데, 어느 정도 적정 투약량을 파악해 낸 것만 봐도 의사소통이 가능하다는 게 커다란 도움이 된 게 사실이다. 10명씩 투약하며 양을 조절했었는데, 19번째 조에서 1명, 마지막인 20번째 조에서 3명을 생존시키는 데 성공한 것이다.

"내일 실험체가 도착할 수 있도록 협조는 구해놨겠지?"

"예, 조장님. 몇 번이나 확인했습니다. 이번에는 숫자를 좀 줄여서 50명만 보내달라고 했습니다. 곧바로 소모할 것도 아닌데, 200명이나 받아 봐야 관리하기만 귀찮죠."

"내 생각도 그래."

"아마 조만간 좀 더 정확한 투약량을 찾아낼 수 있을 거라고 사료됩니다."

"그러길 바래야겠지. 참, 실험체는 될 수 있으면 살집이 좋은 놈들로만 골라서 보내달라고 요청했겠지?"

"물론입니다, 조장님. 만약 살찐 수컷이 없다면 암컷으로 보내달라고 했습니다. 물론, 최대한 살집이 두둑한 것들로 말입니다."

생존에 성공한 것은 암컷 3, 수컷 1개체였다. 그중 수컷은 20회차 실험에 투입되었던 자들 중에서 가장 비대했던 녀석이다. 그것을 보고 로므렌은 한 가지 가설을 세웠다. 변신할 때 엄청난 영양분을 필요로 하기 때문이 아닌가 하고 말이다. 남자에 비해 여자가 몸속에 훨씬 더 많은 지방질을 비축하고 있다는 건 익히 알려진 사실이었으니까.

"어쨌건 그 부분에 대해서는 이번에 실험을 해 보면 확실한 걸 알 수 있겠지."

로므렌은 철창에 갇혀있는 실험체 넷을 바라봤다. 키메라로 제작된 지 얼마 지나지도 않은 불완전한 개체들이다. 지금은 순종적으로 행동하고 있지만, 어떤 문제점을 지니고 있는지 알 수가 없었다.

한 가지 확실한 게 있다면 겨우 며칠밖에 안 되었는데도 모두의 몸이 눈에 띄게 홀쭉해지고 있다는 것. 그리고 그에 비례해서 급속한 속도로 근육질이 발달하고 있었다. 그리고 그건 여자

쪽에 비해, 남자 쪽이 더욱 왕성하게 진행되고 있었다.

"근력은 매일 측정하고 있겠지?"

"물론입니다, 조장님. 하루하루 급속도로 근력이 증가하고 있습니다. 특히, 수컷 쪽의 근력 증대가 아주 놀랍습니다."

몬스터들은 원래 뛰어난 근육질의 신체를 지니고 있었기에 그 변화를 가늠하기 힘들었었다. 하지만 사람은 달랐다. 특히, 이곳으로 공급되어 오는 노예들은 10대 중반부터 30대 초반 정도 연령에만 해당된다면 최대한 저렴한 것들을 가려 뽑은 것들이다. 특출난 재능 따위는 지니고 있지도 않았고, 용모도 형편없다. 사내들의 경우 잘 발달된 근육질의 일꾼노예가 포함되어 있을 가능성은 애당초 없는 것이다. 그 때문에 사내의 근육질이 발달하는 모습이 더욱 눈에 띄었던 것이리라.

부하는 열기 어린 어조로 보고했지만, 자료를 훑어보는 로므렌의 표정에는 별 감흥이 없었다. 그럴 수밖에 없으리라. 몬스터의 경이적인 근력과 비교한다면 인간의 근력 따위 증대되었다고 해 봐야 별 게 아니었으니까.

"식사량 조절도 하고 있겠지?"

"예. 지시하신 대로 각자 분량을 조절하고 있습니다."

"근육질이 얼마나 발달할 수 있는지도 알아야 하니까, 수컷에겐 원하는 만큼 충분히 먹이를 주도록 하게."

"예."

"지능에 대한 테스트 결과는 어떤가?"

"인간이었을 때와 별 차이가 없는 듯했습니다만…, 워낙에 무식하기 짝이 없는 노예들인 만큼 한계가 있습니다. 뭘 아는 게 있어야지 교육을 시키던지 말든지 할 게 아니겠습니까. 글자를 아는 놈도 하나도 없는 형편이라……."

로므렌은 어깨를 으쓱하며 말했다.

"뭐, 키메라에게 요구하는 지능이라고 해 봐야 별것도 아니니 그렇게 신경 쓸 필요는 없겠지. 저것들을 가지고 마법사로 교육 시키려는 건 아니니까 말이야. 경비대에 말해 둘 테니, 저것들 에게 무기술을 가르쳐 보도록 하게. 제대로 된 무기술을 익히게 할 수만 있다면 오크 따위보다는 수십 배 더 도움이 되는 키메 라가 될지도 몰라. 안 그런가?"

"일단 가르쳐 보도록 하겠습니다."

"그래, 부탁하네."

로므렌은 철창에 들어있는 실험체들을 보며 빙긋 미소 지었다.

키메라화에 성공시킨 건 겨우 넷밖에 되지 않는다. 하지만 지 금까지 테스트해 본 결과로는 오크보다 훨씬 더 많은 가능성을 보여주고 있었다. 특히, 재료비가 저렴하다는 것은 엄청난 강점 이었다.

"큭큭큭, 소장도 언젠가는 인정하게 될 거야. 내 말이 옳았다 는 걸."

로므렌은 자신이 있었다. 우선 시작이 좋았다. 겨우 200명 정 도의 노예를 희생한 것만으로도 투약량의 적정수준을 찾아내는 데 거의 성공했다. 조만간에 소장이 만족할 만한 결과를 얻어낼 수 있을 거라고 그는 확신하고 있었다.

                    *   *   *

　시간이 지나면서 아르티어스와 브로마네스는 용병단 내에서
의 입지를 더욱 튼튼하게 다져가고 있었다. 하지만 빼어난 능력
을 발휘하면 그 소문이 널리 퍼지게 되는 것은 당연지사. 브로
마네스야 아무리 능력 발휘를 해 봐야 수많은 검사들 중 하나일
뿐이었지만, 아르티어스는 얘기가 달랐다. 마법사가 득실거리
는 마도왕국 내에서 마법사로서 이름을 떨치는 건 쉬운 일이 아
니었지만, 그 어려운 일을 아르티어스는 단번에 해내 버렸기 때
문이다.

　그 때려잡기 힘들다는 고블린을 대지마법으로 간단히 토벌해
버리면서……. 증인이 한둘이 아니다 보니 용병단 지휘부 쪽에
서도 그 소문이 밖으로 퍼지는 것을 도저히 막을 수가 없었다.
그렇다고 엄청난 효율을 보이고 있는 고블린 사냥에 그를 쓰지
못하게 할 수도 없는 노릇이었고.

　단장은 심각한 표정을 하고 자신을 찾아온 수석마법사를 보
며 고개를 갸웃하지 않을 수 없었다.

　"무슨 일인데 그러나?"

　"랄프 디겔 때문에 그럽니다."

　랄프 디겔, 즉 아르티어스 때문에 그런다는 말에 단장은 심장
이 덜컥 내려앉는 것만 같았다. 디겔이 중죄인일 거라는 데 모
두의 의견이 일치했었다. 설마, 유명세 때문에 하이에나가 꼬여

든 것인가?

"누가 디겔을 찾던가?"

"디겔을 찾는 통신이 이번이 처음은 아니지요."

아르티어스를 찾는 통신은 이미 몇 건이나 들어왔었다. 물론 현상금 사냥꾼이나 정부기관에서 온 것은 아니다. 모두 다 스카웃 제의를 위해 온 것이었다. 실력 있는 마법사가 용병단에 하나 있다고 하니까 빼내 가려고 하는 것이다.

"그건 그렇지. 그런데 뭔가 마음에 걸리는 거라도 있던가?"

"묘한 통신이 하나 들어와서 말입니다."

"묘한 통신이라? 설마, 정부기관에서 일부러 떠보는……?"

"그게 아니라 디겔의 스승이라는 사람이 연락을 해 왔습니다. 그와 통신을 하고 싶다면서요."

스승이라는 말에 단장은 고개를 갸웃하며 말했다.

"스승? 확실히 그건 색다른 패턴이군. 그래, 뭐라고 답해줬나?"

수석마법사는 피식 웃으며 대답했다.

"그런 얘길 한 게 당신이 네 번째라고 했습니다."

단장은 통쾌하다는 듯 웃음을 터뜨리며 말했다.

"핫핫핫, 네 번째라고? 그거 걸작이군."

"예. 그런 식으로 핑계 대면서 디겔과 접촉해 스카웃 제의를 하려고 하는 놈이 한둘이 아니라면서 끊어 버렸죠."

"잘 처리했군. 그런데 뭐가 문제라는 건가?"

"전체적인 반응으로 봤을 때, 아무래도 그가 진짜 스승인 것

같다는 생각이 들어서 말입니다. 만약 또다시 연락이 온다면 디겔과 연결을 해 주는 게 좋을까요, 아니면 먼저 디겔에게 스승에게서 연락이 왔었다고 통보를 해 주는 게 좋을까요?"

그들은 랄프 디겔이 위장된 신분이라고 확신해 왔었다. 하지만 그걸 본인 입으로 직접 들은 게 아닌 만큼, 그가 진짜 랄프 디겔일 가능성도 있긴 했다. 비록 그게 눈곱만큼 적은 확률이긴 했지만……

"흠~, 까다로운 문제로구먼."

단장도 한참을 고민했지만 쉽게 결론을 낼 수 없었던 모양이다. 그는 수석마법사에게 되물었다.

"자네는 어떻게 생각하나?"

"일단 만나게 해 주는 게 좋지 않겠습니까?"

"만나게 해 주자고? 그러다가 아니면 어떻게 할 건데?"

"그걸 지켜보는 겁니다. 그가 자신의 비밀을 유지하기 위해 할 수 있는 방법이 뭐겠습니까?"

그건 뻔한 거다. 아마 스승이라며 나타난 마법사를 해치워 버리겠지. 입을 막는 데는 그게 가장 효과적인 방법이다. 그 마법사가 동네방네 돌아다니며 저놈이 가증스럽게도 내 제자를 해치우고 제자 행세를 하고 돌아다니고 있다며 소문이라도 퍼뜨린다면 그것만큼 골치 아픈 게 없을 테니까. 더군다나 그는 중죄인의 몸이 아닌가.

수석마법사의 의도를 눈치챈 단장은 음흉스런 미소를 지으며 고개를 주억거렸다.

"과연. 그때 우리가 나서서 녀석을 포섭하자는 거로군."

"예. 확실한 약점을 잡힌 만큼, 놈도 거절할 수 없을 겁니다."

"좋아. 그렇게 하도록 하세. 그런데 그 스승이라는 자가 또다시 연락을 해올까?"

"그가 진짜 스승이라면 다시 연락을 해 올 겁니다. 아니면 이리로 직접 찾아오던지요."

그렇게 말하며 수석마법사는 음산한 미소를 지었다.

* * *

인적 없는 산속에서 혼자 산다는 게 외로울 법도 하지만, 라이는 전혀 그렇지 않았다. 오히려 하루하루가 어떻게 지나갔는지도 모를 정도로 쏜살같이 흘러갔다. 심상수련을 한다고 앉으면 잠시 눈을 감았다가 뜬 거 같았는데 몇 시간이 지나 있었다. 아니, 주변에 함께 있는 사람이 없었기에, 그게 하루가 지난 후의 몇 시간인지조차 몰랐다.

배가 고프면 밥을 지어 먹고, 앉아 있는 게 지겨우면 밖으로 나가 바람도 쐴 겸 몬스터 사냥을 했다. 전문적인 사냥지식은 가지고 있지 않았기에 흔적을 좇아가 사냥하지는 못하고, 무작정 내달리다가 우연히 눈에 띈 녀석을 해치우는 것으로 만족해야만 했다.

지붕 위를 내달리는 것에 비해서 나무가 빽빽하게 우거져 있는 산속을 내달리는 게 훨씬 더 위험하다는 것을 라이가 깨닫는

데는 그리 오랜 시간이 걸리지 않았다. 내공을 운용하여 달리기 시작하자마자 저 멀리 있던 나무가 순식간에 코앞으로 다가오는 바람에 하마터면 정면충돌할 뻔했기 때문이다.

"이런 젠장. 이건 완전히 목숨 내놓고 달려야 하겠네."

며칠 지나지 않아 라이는 나무를 피하면서 지그재그로 달리지 않고, 나뭇가지들을 밟고 그 탄력을 이용하여 건너뛰는 방법을 익히기 시작했다. 그쪽이 좀 더 쉬워 보였기에 그렇게 한 것인데, 요령을 터득하고 나니 확실히 그쪽이 더 빠르면서도 편했다.

"룰루루~~."

라이는 꽤 기분이 좋았다.

하루하루 자신이 강해지고 있다는 건 알고 있었지만, 아무래도 기준점이라는 게 없다 보니 자신이 얼마나 강해졌는지 알 수가 없었다. 하지만 그게 오늘 해결되었다. 그리고 그 결과물이 아궁이 안에서 구수한 냄새를 풍기며 익어 가고 있었다.

모닥불 위에서 익고 있는 건 오크의 굵직한 팔뚝이었다. 오크 고기를 먹는 건 정말 오랜만이다. 그때는 소금도 치지 못하고 맹숭맹숭한 걸 그냥 씹어 먹었었는데, 지금은 소금은 물론이고 몇몇 향신료까지 가지고 있다. 향신료를 뿌리니 더욱 근사한 냄새가 풍겨져 나왔다.

라이는 콧노래를 부를 정도로 기분이 좋았다. 그럴 수밖에 없었다. 한때, 자신을 절망의 나락에 떨어뜨렸던 게 바로 오크였던가. 강인한 근육으로 뭉쳐진 야만적인 육체는 그야말로 공포 그 자체였다. 더군다나 놈들은 혼자 다니지 않고 떼로 몰려다녔기에 더욱 공포스러웠다.

하지만 오늘 아침, 백여 마리에 달하는 세력을 지닌 중간규모 집단을 라이 혼자서 박살을 내 버렸다. 우연히도 오크 특유의 악취를 맡게 된 그는 오랜만에 오크 고기가 먹고 싶어졌다. 한때 정말 맛있게 먹었었던 고기였으니까. 물론 기아선상에서 먹었던 것이었기에 기억에 왜곡이 심할 것이라고 생각되긴 했지만……

어쨌거나 한두 마리만 죽이고, 재빨리 고기를 잘라내어 다른 오크들이 달려들기 전에 탈출하자는 생각으로 그는 오크 굴을 습격했다. 하지만 그의 예상과 달리 오크가 잠잘 시간인 대낮에 습격했음에도 불구하고 오크들의 대응은 신속했다. 괴성을 질러대며 달려드는 오크떼! 저렇게 쏟아져 나온다면 도망칠 수도 없다.

라이는 죽지 않기 위해 싸우는 수밖에 다른 도리가 없었다. 하지만 곧이어 그는 예전과 사정이 많이 바뀌었다는 것을 깨달았다. 오크를 처치하는 게 너무 쉬웠던 것이다. 잠깐 싸웠을 뿐인데 그의 발치에는 오크 사체 20여 구가 나자빠져 발의 움직임을 방해하고 있었다.

물론, 방해를 받는 건 라이보다 오크 쪽이 더 심했다. 동료의 시체 때문에 나자빠지는 놈들까지 있을 정도였다. 그걸 보고 라이는 탈출이 가능하다는 자신감을 얻었다.

그렇다고 그냥 도망칠 수는 없었다. 여기까지 들어와 이 고생을 한 이상, 약간이라도 먹거리를 가져가야 했다. 다리는 너무 무거울 거 같았기에 그걸 든 채 오크들을 따돌릴 자신이 없어, 팔 하나만 썽둥 썰어서는 재빨리 뒤로 반전해서 쏜살같이 내달렸다.

뒤쫓는 오크들이 동료의 시체에 발이 걸려 비틀거리거나 나자빠지는 것이 보였다. 계획대로라며 웃으려는 찰나, 라이는 그런 시체 따위 없어도 자신이 탈출하는 데 있어서 아무런 문제가 없었다는 것을 깨달았다. 내공을 운용하기 시작한 그의 속도를 오크가 감히 따라오지를 못하고 있었던 것이다. 서로 간의 거리가 급격히 벌어지더니 곧이어 오크의 울부짖는 소리조차 사라져 버렸다.

"이럴 수가……."

이렇게 쉬울 줄은 생각도 하지 못했다. 그토록 마음 속 깊은 곳에 공포를 새겨 놨을 정도로 두려운 존재들이었는데……. 저런 놈들에게 붙잡혀서 그 오랜 세월 개고생을 했다는 게 허망할 따름이었다.

'차라리 그때 맞붙어서 싸웠다면, 그 고생은 안했을…….'

곧이어 라이는 그게 아니라고 생각하며 고개를 가로저었다. 자신이 강해진 것은 요 근래 꿈속의 검법을 익히기 시작한 다음이지 않은가.

'그래, 맞아. 강해졌다고 하지만 과거를 왜곡하면 안 되지. 그때 나는 약했었어. 그때 저항했었다면 그 녀석처럼 나도 죽었을 거야. 항복한 건 백번 잘한 일이었어. 암, 그렇고말고.'

어쨌거나 이렇게 쉽게 탈출할 수 있을 줄 알았다면, 팔 하나가 아니라 다리 한 짝을 잘라올 걸 그랬다는 후회가 몰려왔다.

"에구, 아까워. 하지만 뭐 어쩌겠어. 다음에 생각나면 그때는 조심해서 한 마리씩 잡아다가 먹어야지."

오크는 생긴 것도 돼지 같았지만, 육질도 그와 비슷했다. 탄탄한 근육질의 생김새와는 달리 고기는 부드럽고 지방질이 풍부했다. 물론, 그건 예전의 기억이다. 그때 먹었던 오크 고기는 그랬었다는 말이다.

라이는 거처에 돌아오자마자 불을 피우고 오크 고기를 굽기 시작했다. 생긴 걸 보면 꼭 사람 팔을 굽는 것 같아서 괴기스러운 분위기가 풍겼지만, 그 맛을 생각하면 입안 가득 군침이 고인다.

"키야~, 구수하면서도 뭔가 톡 쏘는 듯한 이 냄새! 내가 이래서 오크 고기를 못 잊는다니깐."

일반인의 경우 몬스터 고기 특유의 악취에 인상을 찌그리겠지만, 오히려 후각을 자극하는 그 냄새가 라이의 침샘을 자극하고 있었다. 나눠 먹을 사람도 없다 보니 라이는 겉 부분이 대충 익자마자 굽고 있던 통째로 주워들고 덥석 베어 물었다. 입가로 새나온 피가 뚝뚝 떨어질 정도로 속은 하나도 익지 않은 상태였지만, 그게 또 기가 막힌 풍미를 안겨 줬다.

"그래! 바로 이 맛이야! 이거라고!"

배고팠던 그 시절. 오크 다리 하나를 붙잡고 여러 명이 핥고 빨면서 아귀다툼을 벌이면서 찾아낸 맛이다. 한 번 머릿속에 각

인된 이상, 그때의 그 맛이 뇌리에서 사라질 수가 없는 것이다.

한참 허겁지겁 삼키고 있을 때였다. 라이는 뭔가가 다가오고 있다는 걸 느꼈다. 하지만 위험하다는 느낌은 들지 않았다.

'오크인가? 안 그래도 잘됐네. 팔 하나밖에 들고 오지 못한 게 아쉬웠었는데…….'

장검은 문 옆에 걸려있었지만, 그는 검을 가지러 일어서지도 않았다. 방금 전 오크 굴을 헤집으며 그는 자신이 비약적으로 강해졌음을 깨달았다. 오크 한 마리쯤, 허리에 차고 있는 단검으로도 충분했다. 장검을 가지러 간다고 일어서느니, 그동안에 고기 한 점이라도 더 먹는 게 남는 길이다.

성큼성큼 다가오는 발자국. 상대는 곧바로 토굴을 향해 다가오고 있었다. 과연, 후각이 발달한 오크답게 이쪽의 위치를 냄새로 파악했음에 틀림없다. 라이 딴에는 알리에게 배운 대로 입구의 위장을 잘 해뒀다고 생각하고 있었는데 말이다.

'그런데 왜 한 마리만 온 거지? 이해할 수가 없네. 어쩌면 정찰병인지도 모르지.'

기척이 동굴 앞에 다다르자 라이는 느긋하게 허리춤의 단검을 빼 들었다. 곧이어 동굴 밖으로 빛이 새나가지 않도록 드리워져 있는 가죽휘장이 위로 들리며 반들반들한 가죽덩어리 같은 게 쑥 들어왔다. 반사적으로 단검을 날릴 뻔했지만, 저건 오크의 머리통이 아니라 알리가 쓰고 있던 가죽헬멧이었다.

라이는 급히 동작을 멈췄다. 엎드린 자세에서 일어서니 낯익은 얼굴이 드러난다. 역시 들어온 사람은 알리였다.

그는 라이가 사람 팔 같이 생긴 걸 들고 뜯어먹고 있는 걸 보고서는 놀라서 입을 쩍 벌린 채 한참동안 굳어 있었다. 자세히 보면 모양도 색깔도 사람 팔과는 조금 다르다. 한참을 멍하니 바라보고 있은 후에야 알리는 그게 사람 팔이 아니라 오크 팔이라는 것을 깨달은 모양이다. 하지만 그렇다고 해서 그의 놀라움이 반감된 것은 전혀 아니었다.

"어, 어째서 그런 걸 먹고 있는 거지? 식량은 충분했을 텐데……."

라이는 어색하게 웃으며 변명했다.

"아, 원래 이런 걸 좋아해서 말이야. 예전에 굶어 죽을 뻔했을 때, 오크를 잡아먹어 보니 그 맛이 기가 막히더란 말이지. 한 번 먹어 볼래?"

"고맙긴 하지만 사양하겠어. 그건 그렇고 전할 말이 있어서 왔어."

"뭔데?"

"네가 두목께 부탁했던 릴리라는 여자애를 찾았어."

"잘됐네. 어디서 찾았어?"

"상점에서 일하고 있더라고. 내가 위치를 알고 있으니까 안내해 줄 수도 있어."

"지금 바로 가자."

*　　*　　*

"미친개에게서 연락이 왔습니다. 모든 걸 포기하겠답니다."

부하의 보고에 박스터의 안색이 환하게 밝아졌다.

"크흐흣, 결국 미친개도 어쩔 수가 없군."

지금 델카 요새 샐러맨더 지부장은 미친개 덤프였다. 미친개는 여왕벌 칼릭스에 비해서 관록이 몇 등급이나 떨어지는 인물이었지만, 어쩔 수가 없었다. 라이로 인해 수뇌부가 붕괴된 샐러맨더 파로서는 지금 델카 요새 지부장 인선 따위에 신경 쓸 겨를 따위 없었던 것이다.

누가 두목이 되느냐를 두고 치열한 내전이 시작된 상태다. 그 때문에 여왕벌의 둥지를 초토화시킨 범인을 색출하겠다며 달려왔던 지원부대도 이미 다란툼으로 되돌아간 지 오래다.

그 와중에 박스터가 부하를 보내 미친개와 접촉을 시작했던 것이다. 내 밑으로 들어오면 부귀영화를 보장하겠다고 하면서…….

미친개 쪽으로서도 그 제안을 거부하기 힘들었을 것이다. 상대는 샐러맨더 파보다도 월등한 무력을 지니고 있음을 만천하에 과시하지 않았나. 이 바닥이라는 게 힘이 모든 것인 만큼, 거절은 곧 자신의 죽음으로 귀결될 거라는 걸 미친개도 잘 알고 있었다. 그도 지금껏 수많은 적대세력을 분쇄하며 성장해 여기까지 왔으니까.

"미친개가 만났으면 하고 있는데 어떻게 할까요? 이쪽으로 부를까요?"

박스터는 고개를 가로저으며 말했다.

"이쪽으로 부르는 건 너무 위험해."

"하지만 그쪽으로 가시는 것도 위험합니다."

"블랙울프 파의 영역에 있는 식당에서 만나는 게 좋겠군. 놈들도 대놓고 무력행사를 하기는 껄끄러운 위치니까 말이야."

"즉각 추진하도록 하겠습니다, 두목님."

이렇게 해서 박스터는 희희낙락하며 샐러맨더 파 델카 요새 지부장 미친개를 만나러 갔다.

고급 식당인 만큼 홀 내에 앉아있는 손님은 거의 없었다. 둘러보고 자시고 할 것도 없이 손님은 3테이블, 총 여덟 명밖에 되지 않았다. 더군다나 저쪽 구석에 찰싹 붙어 앉은 채 핑크빛 세계를 구축하고 있는 남녀는 아무리 봐도 미친개의 부하처럼 보이지는 않았다. 그리고 이쪽에 앉아 있는 돈 많은 상인들처럼 보이는 사내 둘도 아닌 것 같았다. 그중 하나는 비대하기 짝이 없어, 전혀 주먹패로는 보이지 않았던 것이다.

하지만 뭐 어찌 되어도 상관없었다. 저놈만 몰래 부하들을 끌어들인 건 아니니까. 함께 들어온 건 4명이지만, 식당 밖에는 열 명 이상의 부하들이 쫙 깔려 있다. 더군다나 잭에게도 알리를 보내 요새도시로 오게 해 놓은 상태다.

잭이 말한 릴리라는 여자애를 찾은 건 며칠 전이었지만, 그를 오늘 데리고 오라고 한 건 오늘을 위해서였다. 물론 그를 이 식당으로 데리고 오라고 한 건 아니다. 하지만 산골짜기 동굴 속에 있는 것에 비한다면 만일의 경우에 충분히 힘이 되어 줄 것이다.

"너희 둘은 여기서 문을 감시하고 있어."

이미 쌍방 간에 동석할 수 있는 부하의 숫자는 넷으로 한정하기로 협의해 놓은 상태다. 그는 부하 둘에게 문 옆에 서서 퇴로 확보를 하게 한 후, 남은 둘을 거느리고 미친개에게로 다가갔다.

무슨 생각을 하고 있는지 미친개는 고개를 푹 숙이고 앉아있다. 그리고 그 옆에 앉아 있는 사내. 꽤 눈매가 날카롭게 생긴 늘씬한 놈이었다. 그리고 미친개 뒤쪽에 서 있는 둘의 체구도 꽤 당당해 보였다. 그런데 특이한 건 저 셋의 모습을 지금껏 단 한 번도 본 적이 없다는 것이다. 완전히 새로운 얼굴들이다.

하지만 박스터는 별 대수롭지 않게 생각하고 넘어갔다. 저들도 이쪽의 정체를 제대로 파악하지 못하고 있었던 것처럼, 그건 박스디 쪽 역시 마찬가지였다. 상대의 세세한 부분까지는 아무리 해도 알 수가 없었던 것이다.

"늦어서 미안하군."

의자에 앉는 순간 박스터는 미친개와 시선의 높이가 같아졌고, 그 순간 그는 뭔가가 잘못되었다는 것을 본능적으로 깨달았다. 고개를 푹 숙이고 있는 미친개의 얼굴이 정상이 아니었던 것이다. 어디서 쥐어 터졌는지 얼굴이 울긋불긋 떡이 되어 있었다.

그 순간, 미친개의 옆에 앉아있던 눈매가 날카로운 사내가 가소롭다는 듯한 표정으로 입을 열었다.

"샐러맨더를 박살 내 놓은 게 네놈이냐?"

미친개의 얼굴을 본 것만 해도 정신이 하나도 없는데, 상대의 말은 박스터를 패닉으로 몰아넣었다.

이게 도대체 무슨 소리지? 제3자적 입장에서 '샐러맨더'를 논할 수가 있다니. 저자의 정체가 뭐기에?

아연한 표정으로 자신을 바라보고 있는 박스터를 보며 사내는 그럴 줄 알았다는 듯 씨익 웃으며 입을 열었다.

"자네…, 혹시 마인 테귤러라는 이름을 들어본 적이 있나?"

『〈묵향〉 36권에 계속』